KB211178

봄날은 꽃비 되어

이연주 수필집

봄날은 꽃비 되어

인쇄 | 2021년 5월 25일
발행 | 2021년 5월 30일

글쓴이 | 이연주
펴낸이 | 장호병
펴낸곳 | 북랜드
　　　　06252 서울 강남구 강남대로 320, 황화빌딩 1108호
　　　　대표전화 (02)732-4574, (053)252-9114
　　　　팩시밀리 (02)734-4574, (053)252-9334
　　　　등록일 | 1999년 11월 11일
　　　　등록번호 | 제13-615호
　　　　홈페이지 | www.bookland.co.kr
　　　　이-메일 | bookland@hanmail.net

책임편집 | 김인옥
교　　　열 | 배성숙 전은경

ISBN 978-89-7787-023-9 03810
ISBN 978-89-7787-024-6 05810 (E-book)

값 12,000원

봄날은 꽃비 되어

이연주 수필집

작가의 말

　꽃비 내리는 화창한 봄날, 만개한 벚꽃들이 하늘 가득 춤을 추고 있습니다.

　코로나19가 여전히 맹위를 떨치고 있지만, 그래도 우리는 꽃그늘에서 행복해야 합니다.

　꽃이 피고 바람이 불기 때문입니다.

　저의 글쓰기는 그림 그리기입니다.

　남기고 싶은 풍경이 있을 때, 꽃향기가 발걸음을 붙들어 세울 때, 기억하고 싶은 맛이 느껴질 때, 부드러운 바람이 얼굴을 스칠 때, 가슴을 파고드는 소리가 파도처럼 밀려올 때 저는 언어라는 물감과 감성이라는 붓으로 컴퓨터 자판을 두들기며 그림을 그립니다.

　저의 그림은 유치할 수 있습니다.

　유치幼稚는 '어리다'는 말입니다. 어린 것은 순수합니다. 순수는 텅 비어 있는 것이어서 모든 것을 들일 수 있는 가능성으로 충만합니다. 순수는 가난한 마음이어서 오히려 축복이 됩니다. 순수는 외적으로는 무력하지만 사실은 가장 강한 힘입니다. 순수한 눈망울 앞에서 세상의 모든 악은 퇴색해 버립니다.

　저의 글은 유치할 수 있으므로 저는 무치無恥해도 좋을 것입니다. 자기변명이며 자기합리화라 해도 좋습니다.

　부족한 저의 글을 읽는 모든 분들이 날마다 강녕하시며 일마다 복되시기를 기도합니다.

　오늘은 힘들지라도 내일이 있어, 오늘은 오늘의 숨을 쉽니다.

2021년 5월

이　연　주

차례

1 노란 복수초

길 위의 문학 2

3 바다가 보고 싶다

여행의 추억 4

노란 복수초

1

봄날은 꽃비 되어

    벚꽃잎이 하르르 떨어져 내린다. 한 잎, 두 잎 떨어져 내리는 모습도 아름답지만 바람이 불 때 꽃비가 되어 화르르 날리는 모습이야말로 이 계절에만 볼 수 있는 장관이다. 바람의 방향을 따라 사선으로 쓸려 내리는 하얀 벚꽃잎들은 공중에서 지상으로 내려앉는 나비 떼 같다. 국어사전에서는 '꽃잎이 비가 내리듯 가볍게 흩뿌려지는 것을 비유적으로 이르는 말'이라고 〈꽃비〉를 정의한다. 언어적 규정으로서는 더할 나위 없이 간결하면서도 완전하다. 그러나 현장에서 보고 느끼는 꽃비에 비하면 부족해도 한참은 부족한 설명이다. 그래서 '백문이불여일견百聞不如一見'이라고 했던가.

꽃비 중에도 최상의 꽃비는 벚꽃잎이 날리는 꽃비이다. 꽃 잎의 크기도 크지만 떨어지는 양도 많다. 꽃이 본래적으로 풍성하고 화려하기 때문이리라. 갓 태어난 아가의 볼살처럼 부드러운 우윳빛을 띤 꽃잎이 허공에서 나풀거리며 하강하 는, 그것도 꽃비가 되어 하르르하르르 내려앉는 것을 보면 절로 탄성이 나오면서 가슴이 저릿해진다.

다른 해보다 봄이 일찍 찾아왔다. 지구 온난화로 해마다 겨울은 짧아지고 여름은 길어져서 이제 한반도의 기후가 온 대에서 아열대로 변해간다고 한다. 2021년의 봄꽃 개화는 예년에 비해 전국적으로 빨라졌으며 남부 지방은 2~3일, 서 울 지방은 9일 정도 빨라졌다. 대구·경북은 5~8일 빨라졌 다고 하는데 느낌으로는 보름 정도 더 빠른 것 같았다. 예년 에는 개나리가 먼저 피고 진달래가 핀 후 벚꽃이 차례로 피 었는데 올해는 그 순서가 사라지고 한꺼번에 함께 피어났다. 시절이 어수선하니 꽃 피는 순서도 헝클어진 것 같다.

3월의 마지막 토요일에 가까운 경북 칠곡군 왜관읍 매원 리 파미힐스CC로 친구들과 라운딩을 나갔다. 벚꽃 명소로 소문난 이곳 진입로는 이미 만개한 벚꽃이 산길을 흐드러지 게 밝히고 있었다. 이곳의 벚꽃 길은 자동차로 15분가량 걸 리는 직선에 가까운 산능선 도로로서 길 양쪽으로 일정한 간

격의 키 높은 벚나무가 규칙적으로 서 있다. 코로나19의 거리 두기 방역 수칙을 지도하는 안내 요원들이 입구에서 출입을 통제하고 있었고 예약자만 확인하여 통과시켰다. 도로상의 정차나 하차는 엄격하게 금지하였다. 우리 일행은 들어가면서 차창을 통해 보이는 벚꽃 터널의 아름다운 절경에 넋을 빼앗겼다. 해마다 보는 풍경이지만 볼 때마다 매료되고 만다. 라운딩을 끝낸 후 클럽하우스 창밖에 만개한 벚꽃 길을 하염없이 바라보면서 우리는 나지막한 탄성을 연이어 질러 댔다.

벚꽃을 일본의 국화라고 여겨 한때 멀리하면서 벚나무를 베어내기까지 한 적이 있었다. 일제 식민 시대에 대한 묵은 원한과 한일 위안부 문제, 독도에 대한 일본의 야욕 등으로 일본에 대한 한국인의 혐오감은 지금까지도 여전히 끓고 있는 실정이다. 그러나 일본의 국화는 벚꽃이 아니고 가을에 피는 노란 색의 국화꽃이라고 한다. 그럼에도 불구하고 벚꽃은 일본 사람들이 가장 좋아하고 일본을 대표하는 꽃이라는 것만은 누구도 부정할 수 없는 사실이다. 잠시 화려하게 피었다가 며칠 가지 못하고 떨어지는 벚꽃처럼 일본이라는 나라는 잠시 부강하였다가 몰락할 것이라는 저주 섞인 예언도 인구에 회자된 적이 있다. 그러나 우리는 이러한 감정적 편

견에 더 이상 머물러서는 안 될 것이다. 미적 가치와 도덕적 가치는 서로 다르기 때문이다.

일본의 부도덕성과 야만성을 지적하고 나무랄 수는 있겠지만 그들이 좋아한다는 이유만으로 우리가 벚꽃의 아름다움을 부정해야 할 이유는 없다. 미적 소유의 법칙은 일상적 소유의 법칙과는 다르다. 정치적, 경제적 소유는 '배타적으로 점유하고 사용하며 처분할 수 있는 권리'이지만 미적 소유는 점유하고 사용하고 처분하는 것이 아니라 '다만 감상하는 것'이다. 골목길 담장 위에 핀 줄장미의 경제적 소유는 그 집의 주인에게 있겠지만 미적 소유는 장미꽃 앞에서 발걸음을 멈추고 그 아름다움을 심미하고 완상하는 감상자에게 있다. 식물학에서는 벚나무의 원산지를 대한민국과 중국, 일본이라 한다. 아시아가 원산지라는 말이다. 그러므로 벚꽃은 일본만의 것이 아니라 아시아 국가의 공동재이다. 이런 사정이니 우리가 벚꽃의 아름다움에 취하는 일이야말로 누구의 눈치를 볼 일이 아니라 우리가 마음껏 누려야 할 일이라고 할 수 있다.

'꽃비 되어 내리는 벚꽃이 과연 아름다운 것이기만 한 것인가?'를 생각해 본다.

무릇 모든 떨어지는 일은 슬픔이다. 생명이 끝나는 일은 애도해야 할 일이다. 물론 그것이 자연의 순환 과정의 일환이라고 하더라도 달라질 것은 없다. 어쩔 수 없이 다음 과정으로 넘어가야 하지만 그 이전의 과정이 끝난다는 것은 하나의 종말로서 슬픈 일이다.

벚꽃잎이 떨어져 내리는 일 또한 마찬가지이다. 그렇다면 꽃비 되어 내리는 벚꽃잎을 보면서 아름답다고 감동하는 우리의 마음은 잔인한 것인가? 아니다. 슬픔도 아름다울 수 있는 것이다. 사랑하면서도 떠나가는 연인의 뒷모습은 슬픈 모습이어서 더욱 아름답다. 꽃비 되어 내리는 벚꽃잎을 보면서 탄성을 지르는 우리의 마음속에는 자연의 위대한 섭리와 경건한 순환에 대한 외경이 밑바탕에 자리 잡고 있다. 또한 우리는 꽃잎의 종말에 감동하는 것이 아니라 종말로 가는 꽃잎의 슬픈 모습에서 아름다움을 보고 감동하는 것이다. 그런 의미에서 모든 사람의 마음에는 시심詩心이 있고 따라서 모든 사람이 곧 시인이다. 아름다움은 세상 속에 있는 슬픔의 다른 모습이기도 하다.

봄날 또한 그러하다. 봄날은 꽃비 되어 떠나기에 그래서 더욱 아름답고 슬픈 것이다.

섭리

칠월의 중순 무더운 불볕더위가 저울질하는 날, 우리는 이사했다. 막상 이사하려니 미련인지 정인지 끈적끈적한 무언가가 나의 치마끈을 잡고 있었다. 일 년의 고민 끝에 건강을 생각하여 공기 좋은 곳으로 결정했다.

지난날 일 년이 멀다고 오르는 가겟세를 감당하려고 나는 열심히 뛰었다. 없는 살림살이에 조금씩 돈을 모아 산 땅은 집을 짓기까지 많은 우여곡절이 있었다. 남편은 무슨 돈으로 땅값을 치르고, 집을 지을지 걱정하였다. 집을 지으려고 산 땅이지만 친척의 보증을 서 2번이나 팔고 새로 샀다. 그렇게 지은 집에서 사 남매를 키우고 장성시켜 내보냈다.

어찌 미련이 없으랴마는, 이제는 비워야 한다는 생각이다. 작은 집으로 옮기고 살림살이도 정리해야 한다. 내가 자연으로 돌아갈 때는 다 같이 묻혀 버려지리라. 가구와 옷들을 정리했다. 입지도 않는 옷이 많았다. 남편을 도와 일을 하다 보니 사놓고도 미처 사용하지 못한 물건들도 많았다. 그래도 미련이 남아 버렸던 그릇들을 다시 찾는다. 그동안 모으기만 했으니 이제는 비우자면서도 마음은 또 모으고 있다.

아침 일찍 산책에 나섰다. 버들강아지 날아다니고, 개망초도 시원한지 고개를 반듯하게 세우며 반긴다. 개울가에 퍼드덕 날아가는 참새 소리 아름답다. 이렇게 산책을 할 수 있어서 다행이다. 더울 때 이사하여 몸이 소진되어 아침 산책을 나오지 못했다. 이제는 아이들을 다 분가시키고 남편과 둘만 남았다. 처음으로 돌아온 것이다. 또 세월이 지나면 혼자일지도 모르리라.

어느새 가족을 만들었는지 어미 두루미가 귀여운 새끼 두 마리와 개울물 속에서 먹이를 찾고 있다. 두루미 새끼들이 짝을 지어 떠나는 것을 반가워 손짓하였더니 하늘 높이 날아간다. 어디서 따라왔는지 아빠 두루미가 뒤이어 날아간다.

풀벌레 소리에 마음 설레며 산책길을 걸어갔다. 아침 이슬이 마르지 않아 바짓가랑이에 풀물이 들어 축축하고, 등골에 땀 흐르는 소리에 기분이 상쾌하다. 갈대는 금발 머리로 찰랑거리고, 억새는 잔털 가득 흩어진 등을 구부리며 일렁인다. 울긋불긋 코스모스도 신나게 허리를 돌린다. 백일홍은 백일이 다 되어가는지 꽃잎이 말라가고 있고, 떠날 준비를 하는 것 같다.

하늘이 준 섭리는 정말 오묘하다. 비우면 다시 채워지고, 땅속에 묻히면 다시 피어나는 아름다운 섭리를 그 누가 거역할까. 가을 하늘이 더없이 맑고 푸르다.

석양과 놀고 싶다

아침 일찍 구미 시외버스터미널에서 동서울행 버스에 올랐다. 일주일 전 서울 아산병원에서 검사한 결과도 보고 처방전도 받을 예정이다.

고속버스는 시원하게 달렸다. 모처럼 마음의 휴식이다. 창밖은 농익은 벼 이삭들, 가로수의 나뭇잎, 새들이 가을을 맞이하고 있다. 곧 고운 단풍으로 변신할 그들은 여름의 뙤약볕을 거름 삼아 지금은 시원한 가을을 만끽하고 있다.

무정차로 2시간 30분가량 지나니 동서울에 도착했다. 택시를 탔다. 막 라디오에서 '여수 밤바다' 노래가 울려 퍼진다. "너와 함께 걷고 싶다. 나는 지금 여수 밤바다, 너와 함께 걷고 싶다." 애절한 음악을 다 듣고 싶었지만, 한강 다리를 건너니 곧 아산병원 현관이다. 누군가와 걷고 싶은 가을, 가을은 남자의 계절이라지만 쓸쓸한 계절일 것이다.

점심시간이라서 지하 식당을 찾았다. 혼자서 점심을 먹으려니 어색했다. 환자인 듯한 남자아이를 데리고 온 젊은 아주머니가 웃으며 눈인사를 했다. 주문한 음식이 나오기를 기다리는데 물컵에 물을 떠다 주었다. 어디서 왔느냐고 상냥하게 묻는다.

"교회에 나가셔요? 하느님이 기다리셔요. 예수를 믿으셔요."

풍선에 바람 빠지듯 기분이 쭈그러들었다. 왜 '나는 절에 다녀요.'라고 말을 못 했을까. 기독교인들은 전도를 맹신적으로 열심히 하는 것 같다.

불교를 믿는 나는 가족 건강부터 기원한다. 여러 사람을 위해 하는 기도는 친구의 몸이 안 좋거나, 친척이 사고를 당했을 때 외는 드물다. 너무 이기적인 것은 아닌가, 되돌아보게 된다.

병원에서 차례를 기다리니 간호사가 이름을 불렀다. 담당교수님은 나를 보더니,

"왜 환자는 오지 않았어요?"

"제가 본인인데요."

"여자들은 나이를 모르겠다니까……."

교수님이 이상하다는 듯이 혼잣소리를 한다. 나를 많이 젊게 보았던 모양이었다. 왠지 기분이 좋았다. 조금 전의 흐린 마음이 활짝 펴졌다. 모르는 사람에게도 웃고 싶다. 할머니가 되었어도 여자는 여자인가 보다.

의사는 검사 결과가 좋아지고 있다고 했다. 육 개월분의 약을 받았다.

집으로 오는 발걸음은 가벼웠다. 고속버스는 한산했다. 큰 버스에 장거리 손님이 얼마 되지 않아 미안한 마음이 들었다. 저녁 바람은 시원하기보다 추워서 움츠리게 한다.

서울을 왕복하니 하루해가 짧다. 그래도 한양을 버스로 왕복하다니, 과학은 첨단을 달린다. 저물어 가는 내 인생의 석양을 잡을 수만 있으면, 조금 더 석양과 놀고 싶다. 초가을의 석양 뜨겁지 않고, 더 높은 가을 하늘을 소리쳐 불러보고 싶지만, 고속버스는 지나가는 세월처럼 빨리도 달린다.

하루해가 저물어 어둠이 깔린다.

노란 복수초

　겨울비가 부슬부슬 꽃을 피우려고 내린다. 며칠째 짝사랑하는 여인네 같다. 오늘은 가을 같은 바람 속으로 국화꽃이 보고 싶다. 드라마 "가을동화" 영상이 떠오른다. 들국화도 제각기 이름이 있다. 가을에 피는 국화과 구절초들은 그 찬 서리를 맞으면서도 죽지 않고 꽃을 피운다. 그의 인내에 나는 그를 더 좋아했다.

　바람 탓인가, 여고 시절 때 어느 남학생의 편지가 아슴푸레 생각난다. 그때는 무슨 큰 죄나 지은 것처럼, 아무도 모르게 보면서 가슴에는 방망이질 소리가 났다. 소문날까 봐 미끄럼틀 밑에 숨어서 나가지 못한 어리석음에 후회했었다. 주책없이 살아있을까, 왜 이제야 궁금한지 알 수 없는 마음이다.

겨울바람에 코끝이 시리던 날, 친구들에게 연락이 왔다. 모임에 다녀가라는 것이다. 햇살은 첫 외출을 축복하는 듯하고, 옷깃 사이로 스며드는 찬바람은 나의 등을 밀었다. 울 안에서 해방된 듯 친구들과 어울려 음악실로 가고, 차를 마시고, 저녁에는 영화를 두 편이나 보았다.

어느새 시간이 11시가 훌쩍 넘었다. 친구들과 헤어져 막차 버스를 타고 도착한 곳은 친정집 동네였다. 통행금지가 있을 때라, 친정에 가면 부모님께서 걱정하실 것 같았다. 서둘러 택시를 타고 집으로 달려왔다. 그런데 아무리 문을 두드려도 남편은 문을 열어주지 않았다. 탁탁 치는 야경꾼 경찰이 와서야, 남편이 걸어놓은 빗장을 슬며시 열어주어 가까스로 들어왔다.

그때부터 시작된 내 인생의 봄은 꽃이 아름답고 행복하다고 느낄 겨를도 없었다. 육 남매의 맏이로 행여 출가외인이 잘못 살까 봐 노심초사, 늘 걱정하시던 부모님. 삶의 현실에 적응하려고 살아온 세월은 100m 단거리 달리기하듯 뒤도 돌아보지 않고 달렸다. 단풍이 아름답게 물들 즈음, 가을의 끝자락에서 삶을 돌아보았다. 꽃이 지고 나서야 봄인 것을 안 것처럼, 지나간 날이 행복과 슬픔에 섞여 세월 속에 묻혀 버렸다.

꽃샘의 봄바람 속에 지나간 세월 속, 나의 인생에도 산수 유꽃이 노랗게 물들고 벚꽃이 망울망울 피어났다. 복수초같 이 꽃대를 밀어 올리는 강인한 인내심으로, 내 인생의 꽃은 가을 어디쯤을 지나고 있을 것이다. 삶은, 내가 많은 수고를 하였을 때 웃을 일이 많아진다고 했던가?

오늘, 모락모락 피어나는 보이차를 마시는 차인들 모두가 행복한 얼굴이다. 차탁에 꽂혀있는 황매화가 웃고 있다. 차 를 마시는 사람들의 입술이 꽃잎같이 곱다. 나의 마음도 행 복한 꿈을 꾸는 아이처럼 즐거워진다.

겨울의 찬바람에도 차탁에 꽂힌 장미꽃 가지가지의 고운 자태는 아름답다. 겨울이 오더라도 단풍의 아름다움을 지키 고 싶다. 눈 속에서도 복수초의 꽃을 피우고 싶은 바람이다.

새롭게

캄캄한 밤 외등도 없는 골목길에 나의 그림자가 앞서거니 뒤서거니 하면서 걷는다. 자동차의 두 눈이 길을 환하게 밝혀주었는데, 금방 지나가는 불빛의 고마움에 무감각해지는 것은 익숙한 일상의 삶인가?

종일 바로 서서 생활하는 사람들 틈바구니에서 물구나무서기로 걷는 사람이 있다면, 그 사람은 세상을 바로 보지 못하고 거꾸로 볼 것이다. 작가가 움직이는 사물에 카메라 각도와 구도, 명암을 조절하고 새롭게 찍으려고 하는 것처럼 사찰의 법당에 앉아서 부처님에게 염원의 기도를 하면 마음이 조금은 시원해지는 것 같다. 마음의 믿음은 믿음으로 이어져, 소원과 성취 사이에서 상생하며 맴돌고 있다.

천주님이나 하느님을 믿는 사람의 마음에는 그들 나름의 믿음의 시각이 있다. 겨울바람을 어렵게 견디고 나무들이 봄꽃을 피우기 위해 인내를 거듭하는 것처럼, 운동선수들이 올림픽 금메달을 자기의 꿈, 목표로 삼고 땀 흘리며 도전하는 모습에는 새롭게 날아보려는 희망이 보인다. 맑은 햇살이 바람을 타고 생동감 넘치는 봄날의 화폭을 새긴다.

익숙한 현실에, 솟아나는 샘물 같은 날들에 몰두하는 많은 사람에게 새롭게 발전하는 과학의 힘이 세상을 더욱 빛나게 하고 있다. 사람들이 스쳐 지나가는 보도블록 귀퉁이에 앉은 작은 보랏빛 풀꽃을 카메라에 크게 불러오기도 하고, 환하게 웃는 나를 멋있게 각도를 세워도 본다.

오늘도 익숙한 것을 새롭게 보려고 삶의 날들에 도전하고 있다.

가을

한낮 불볕더위는 아직도 뜨겁다.

창고를 지키던 진순이가 지쳤는지 숨을 헐떡거리며 찬물만 찾는다.

"진순아, 조금만 참아라."

진순이는 말도 못 하고 얼마나 답답할까. 측은해 보여 머리를 쓸어주니 알아듣는지 꼬리를 흔들며 펄쩍펄쩍 뛴다. 여름이 떠날 채비하는데, 소낙비가 등을 재촉한다. 태풍 고니가 강한 세력으로 북상 중이라는 뉴스가 보도된다. 바람이 거칠게 불어오더니 빗줄기가 세차게 내린다. 제주도에 비상경보가 울리더니, 다행히 고니는 일본으로 향했다. 제주에는 태풍의 영향을 조금 받았지만, 떠나 준 것에 고맙기까지 하다. 육지에는 비바람이 조용해지면서 뜨겁게 달구어진 대지를 식혀주었다.

가을이 올라치면 태풍이 찾아오는 게 해마다 풀어야 할 숙제 같은 것일까? 들판의 곡식들도 허리를 펴고 여물어간다. 팔월 중순이 넘어가니 아침저녁으로 창문을 닫게 한다. 가을산에 불이 붙은 듯 단풍잎을 물들이고 있다. 먼 산에 단풍의절정이 보이는 정열은 무엇으로도 막을 수 없다. 마지막 사랑이기 전에 결실이기도 하다.

그 뜨거운 불볕더위와 가뭄에도 곡식들은 버티어 제자리에서 충실하다. 텃밭 대추나무에 대추가 옹기종기 달려있다. 육 남매를 키우신 울 엄마같이 허리가 기우뚱하다. 지렛대라도 세워줘야겠다. 성격이 급한 대추나무 한 그루는 잎이 누렇게 병이 들었다. 가뭄에 목말라 단비를 기다리지 못하고 말라가고 있었다. 미처 보듬지 못한 탓이리라. 내 탓만 같아 가슴이 아리다. 석류가 빨간 옷으로 갈아입고 추석을 기다린다. 감나무도 제법 색이 나고 있다.

나무들은 세월의 우주 속에서 그 누구도 원망하지 않고 원을 그리고 있다. 사람이나 식물도 영원한 삶은 없으리라. 태어나면 언젠가는 마감해야 하고 설익은 곡식이 떨어지기도 한다. 껍질만이 바람에 날려가고 그 결실은 태어나서 세상의 이치에 순응해야 할 것이리라. 사람들은 계절에 순응하면서도 원망하기도 한다.

귀뚜라미 소리가 저녁이면 목청을 더욱 높여 가을을 알린다. 가뭄으로 농작물은 조금 힘들었지만, 과일은 풍년이라 한다. 들판에는 곡식이 영글어가고 며칠만 있으면 추석 명절이다. 친척들이 모여서 차례도 지내고, 지난 삶의 동그라미를 저울질하며 잘 살기를 보름달을 보며 다짐하겠지.

가을의 단풍들, 여름의 뜨거웠던 날들을 견디어 내었기에 곱게 물든 단풍잎이 더욱 아름다운 빛을 낼 수 있었으리. 지난여름은 고스란히 잊어버리고 추운 겨울을 맞이해야 한다.

우주는 동그라미를 그리며 그렇게 강물 흐르듯 소리 없이 걸어가고 있다. 역사 속의 조상님들도 우주의 변화에 순응하면서 그렇게 살았으리라. 여름이 불타는 청춘이고, 가을은 황혼의 농익은 곡식을 추수하듯 삶은 자손들을 성장시킨다. 곡식의 빈껍데기가 바람에 날아가다 땅에 묻히는 것처럼, 사람들은 우주의 동그라미 속을 돌고 돈다. 가을 하늘이 더 높고 푸르다.

봄비 뿌리던 날

흙을 이불 삼아 겨울잠을 자던 두더지가 땅 밑에서 봄을 기다린 듯, 땅굴에서 기어 나온다. 개구리도 징검다리를 건너며 물 위에서 놀고 있는 올챙이에게 먹이를 던져준다. 바위에 앉은 보랏빛 풀꽃, 봄날에 분주하게 움직인다. 3월 중순, 봄눈이 하얗게 우박과 함께 흩날려 창가에 앉았다. 오롯이 돋아난 새싹들의 전경을 바라보다 불어오는 봄바람에 금방 녹아 버린다.

아침에 창문을 열고 밖을 올려보니, 봄비가 기다린 듯 뛰어 들어온다. 주말에 아들이 탁구대회가 있다고 손자를 데리고 왔다. 운동이 끝날 때까지 손자를 돌봐달라는 말을 남기고, 대회 시간이 다 되었다고 급하게 달려갔다.

　손자는 아빠, 아빠, 하다가 할머니에게 안겼다. 할머니가 간식을 먹여주니 새 모이 받아먹듯 잘도 먹는다. 밖은 봄비가 부슬부슬 내려 놀이터도 가지 못하고, 그림책을 읽어주고 만화영화도 보여주면서 아들을 기다렸다.

　따르릉 전화벨 소리, 아들이 결승전을 통과했다며 숨 가쁘게 말을 흘리고는 손자 잘 노느냐고 묻고는 뚝 끊긴다. 아기에게 점심을 먹이려니 간식을 많이 먹였는지 국물만 찾는다. 잠시 돌아선 사이, 식탁에서 국그릇이 바닥에 뒹굴면서 산산조각이 났다. 손자가 혼자서 국물을 마시려다 떨어뜨린 것이다. 깨진 사기 조각을 쓸어 담느라 정신이 없었다. 아이는 제 잘못을 알고 한쪽에 비켜서 조용하다. 두 돌이 아직도 두 달 남았는데, 할머니와 둘이서만 온종일 있기는 처음이다. 떼쓰거나 울지도 않는 것이 기특하기도 하고 귀엽기도 하다. 졸린 것 같아 토닥이며 자장가를 불러주니 눈을 껌벅껌벅 비비다 잠이 들었다.

　저녁 8시가 넘어서 문 여는 소리에 아이는 "아빠!" 하며 문쪽으로 달려간다. 할아버지가 들어오니 실망한 표정에 고개를 돌린다. 기특하게 울지도 않고 잘 먹고, 잘 놀았다. 오후 9시가 되어서 집에 갈 준비에 목욕을 시키고 옷을 입혀 재웠다. 가끔 "아빠, 엄마." 부른다.

아들은 전화로 손자를 걱정하며 그냥 재우라고 한다. 그리고 우승할 것 같다고 마지막 1라운드 남았다는 흥분된 목소리였다.

10시가 다 되어 아들이 집에 왔다. 그제야 저녁을 조금 먹고 서둘러 곤히 자는 손자를 데리고 집에 갔다. 그런데 손자가 새벽 2시쯤에 일어나서 대성통곡했다는 것이다.

아침에 일어나서는 저희 아빠를 의식적으로 본 체도 안 하고 이름을 불러도 대답하지 않고 슬슬 피하기만 했단다. 아기의 작은 마음에도 할머니에게 맡겨놓고 온종일 기다려도 오지 않는 아빠가 저를 버린 것이라는 서운한 생각에 마음의 상처가 생겼을지도 모른다. 요즈음 아이들이 워낙 민감해서 손자의 어린 마음에 생채기가 난 것 같았다. 며칠이 걸려도 섭섭한 마음이 풀리지 않았다고 했다.

일주일 후 집에 아들 내외와 손녀 손자가 다 같이 왔다.

"수익아."

손자를 안으려니 저희 엄마 등 뒤로 피한다. 저희 아빠가 또 저를 버리고 가려나 걱정되었으리라 짐작되었다. 요즈음 젊은 세대들이 직장을 다니느라 할머니가 키우는 예가 많다. 말 못 하는 어린애도 엄마 품을 많이 그리워할 것이리라.

주말의 봄비 뿌리는 날, 온종일 집에서만 자신을 보살피느라 힘든 할머니보단 저희 부모만을 기다린 하루가 야속하고 원망스러웠을 것이다. 아들은 홈런을 친 것처럼 탁구 시합에 우승한 기분에 들떠 있었다.

가을바람 불어오니

오후 7시도 되기 전 저녁 해는 산 너머에 걸려 있다. 어둑어둑해지는 하늘은 가을바람을 시원하게 안겨준다. 이젠 가을이 손을 내민다.

올여름 폭염은 나의 인내심을 저울질하는 것이었다. 그러나 그 억척스럽게 달라붙던 더위도 가을이라는 계절에 뒷걸음치고 있다. 낙동강 둑길 풀섶에 극성을 부리던 모기도 보이지 않고, 귀뚜리 노랫소리가 더 높다. 아침저녁으로는 제법 가을바람이 불고, 들에는 빨간 코스모스꽃들이 키 재기를 한다.

오늘은 서울 A 병원에 검진 가는 날이다. 고속버스터미널은 추석 한가위를 며칠 앞두어선지 한산하다. 지난 2월에 심장 수술을 하고, 이승과 저승의 갈림길에서 헤맸다. 삶에 마무리하지 못한 것들과 무서움이 주마등처럼 지나간다. 수술을 성공적으로 마치고 몸을 추스르느라, 생각 없는 나날들이 계속되었다. 수술한 지 육 개월째, 검진 결과를 기다리는 심정은 불안하다. 건강이 많이 회복되긴 했지만 모든 일이 용기가 나질 않고 두려움이 앞선다. 담당 의사를 기다리는 10분이 한 시간을 능가한다.

수술은 했어도 계속 약을 복용하라 하겠지, 스스로 안심시켰다. 남은 삶, 다 하지 못한 일들을 숙제하는 마음으로 살아야겠지. 작년에 대구에 있는 S 병원에서 수술을 권유할 때만 해도 삶과 죽음의 갈림길에서 불안했다. 친정엄마를 하늘나라에 보낸 지 얼마 되지 않았기에 더욱 마음이 우울했었다.

검진 결과가 양호하다는 담당 교수님은 "적당히 운동하면서 짜고 매운 음식은 드시지 말고 조절하셔요."라고 덧붙인다. 육 개월분의 약을 가지고 가벼운 발걸음으로 하행하였다.

집으로 오는 고속버스 차창 너머에는 노랗게 익은 벼 이삭이 머리를 숙이려 하고 있다. 길가 가로수들도 지난여름 가슴의 더위를 빼내느라 색바랜 나뭇잎이 붉은 단풍잎으로 물들고 있다. 바람에 날려 오던 노란 나뭇잎 하나가 방향도 없이 하늘로 날아간다.

이번 주말에는 친척들과 조상 산소에 벌초를 가야 한다. 추석 명절을 앞두고 사람들의 마음이 들떠 있는 것 같다. 한가위가 지나면 완연한 가을이 오고 곧이어 겨울이 기다리고 있겠지.

우리나라는 효를 중히 여기는 동방예의지국이다. 사람들이 무슨 옛날이야기를 하느냐 물음이 있을지언정, 명절이 되면 서로 부모 형제를 찾아 국민이 대이동하는 모습, 조상 산소에 깨끗이 벌초하는 모습, 차례를 지내는 풍습, 이 모두가 우리나라에만 볼 수 있는 진풍경이다.

지나간 인생의 여름은 너무 덥고 바쁜 나날들이었다. 돌아보면 그때가 그립기도 하다. 나의 삶도 가을의 중턱에 다다른 것 같다. 책에서 본 글이 생각난다.

"우리는 나무 한 그루도 보기에 좋은 위치와 각도를 잡아 심는데 사람은 그렇지 않다. 자기가 보고 싶은 방향, 시각으로만 바라보면서 미워하거나 무시한다. 사람은 그가 누구냐인 것보다, 내가 어떻게 보느냐에 따라 중요도와 의미가 크게 달라진다. 사람마다 다른 성격과 습관이 있다는 사실을 통해 새롭고 놀라운 기쁨을 얻게 될 것이다."

이 시대 이 공기 속에서 보이지 않는 연줄로 맺어져 서로를 믿고 기대면서 살아간다. 사람이 산다는 게 무얼까, 잡힐 듯하면서도 보이지 않는다. 우리가 알 수 있는 것은, 태어나면 언젠가 한 번은 죽지 않을 수 없다는 사실이다. 내 차례는 언제 어디에서일까, 생각하면 허투루 살고 싶지 않다. 만나는 사람마다 따뜻한 눈길을 주고, 한 사람 한 사람 얼굴을 익히고 싶다. 이 가을에 나는 모든 이웃을 사랑하고 싶다. 한 사람도 서운하게 해서는 안 될 것 같다.

가을은 생각을 많이 하는 계절인가 보다. 추운 겨울이 지나면 희망의 봄이 시작되는 세월의 순리에 겨울도 아름다운 추억으로 남을 것이다. 나의 삶에 희망을 건다.

나를 찾아서

　무더운 여름은 어느새 슬며시 뒷걸음치고, 코스모스가 손
짓하는 가을도 지나 겨울이 왔다. 나에게 수필은 메마른 땅
의 단비, 척박하고 힘겨운 삶에 밑거름이 되었다. 내 인생의
어느 순간, 나의 이름은 '누구의 엄마, 누구의 댁'으로 명명되
었다. 내가 없는 존재가 되어 버린 삶에 회의를 느낄 때, 나는
수필의 문안에 들어왔다.

　수필이 나에게 주는 기쁨과 성과는 글을 쓰면서 힘겨운 삶
을 풀어내어 다시 한번 뒤돌아보게 했다. 인생은 생각의 차
이일 뿐, 누구나 겪는 '인생지사 새옹지마人生知事 塞翁之馬'이
다. "늘 나만 힘들고, 나만 왜 이리 불행할까? 그때의 행복한

날들이 물레방아 돌듯 돌고 있었다."라는 글을 쓰면서 알게 되었다. 삶을 그대로 표현할 수 있는 수필이 나는 좋았다. 삶을 수필로 풀어내고 수필의 문학에서 삶을 버무리면, 맛있는 비빔밥을 먹을 수 있는 작은 행복이 기다리고 있었다.

누구의 탓이기보다는 나에게도 있는 원인을 깨달을 때, 어느새 떡잎이 떨어지고 새잎이 돋아나는 나의 마음을 읽을 수 있었다. 수필을 통해서 나는 타자와의 삶을 공유하고, 나를 다시금 성찰하게 되었다.

나는 왜 수필을 쓰는가? 타인의 작품을 통해서 나 자신을 반추해 나갈 수 있고, 이름 모를 사람에게조차 나의 글이 행복이 될 수도 있음을 깨닫기 때문이다. 수필은 나의 삶을 그려내는 예술이다.

쓴 것이 약이 되지

외출 갔다 집에 오니 식탁 위에 칡뿌리가 먹을 수 있게 잘 게 잘려있었다. 삶은 사태고기를 찢듯이 찍찍 찢어 잘근잘근 씹으니 씁쓸한 맛이 어느새 달큼해졌다. 단맛이 혀를 달콤하 게 적셔준다. 도로공사 현장에서 굴착기 작업을 하던 동생이 캐 온 칡뿌리이다.

"와, 이건 산삼보다 낫다. 옛날에는 산에 나무하러 가서 배고 프면 먹을 게 없어서 먹을 만한 것은 가리지 않고 다 먹었다."

남편은 반가워하면서, 의식주가 힘들었던 어린 시절을 회 상한다. 나는 도시에서 자라서 이해가 부족했다. 나에게 먹 어보라고 권한다. 손사래를 쳤다. 남편은 물만 빨아 먹으니 쓴맛이 단맛으로 변해 입안에 향기가 가득하다고 어린아이 같이 좋아했다. 쓴 게 약이래요, 그래서 나는 당신보다 건강하지요.

오래전 불교대학 수료식 기도가 있었다. 법당에서 법문이 끝나고 108배를 기본 5번은 마쳐야 불교대학을 수료할 수 있다고 스님이 말씀하셨다. 그즈음 관절염, 신경통이 더욱 심해져 부처님께 삼배의 예도 겨우 하였다. 나는 포기하려 하였지만, 법사 스님은 "보살님은 금강경을 500번 읽으셔요." 하셨다. 사람들은 절을 시작하였고 나 또한 앉아서 금강경을 읽어가고 있었다.

그런데 나도 모르게 절을 하는 사람들 틈에서 읽던 금강경은 접어두고, 절을 하기 시작했다. 쉬지 않고 108배를 했다. 정말 털썩 주저앉고 싶었지만, 꾹 참으면서 "관세음 부처님, 저를 도와주셔요." 두 번째 108배는 훨씬 수월했다.

그때 어느 신도님이 냉수를 한 그릇 떠다 주면서 "보살님, 조금 쉬어가면서 하셔요." 한다. 그 냉수의 맛은 세상에서 둘도 없는 시원한 산삼 물이었다. 세 번째 108배는 해야 한다는 일념으로 절을 하고 또 하였다. 540배의 절을 거뜬히 마쳤다. 얼굴과 등은 땀이 흘러 소금같이 저벅거렸지만, 그 기분은 하늘을 날 것 같았다. 도저히 할 수 없는 일이었지만 나는 끝까지 해냈다.

　모두 대단하다고, 못 할 줄 알았다고. "다리는 괜찮습니까?" 걱정스러운 얼굴들이다. "보살님, 그동안 엄살을 하신 것 아니셔요." 농담까지 한다.

　그리고 한 달 뒤에는 밤샘 기도가 있었다. 1,080배를 시작하였고 그때도 어느 보살님이 떠다 주는 냉수인 산삼 약초 맛의 물을 바가지로 마셔가면서 해냈다. 나는 그때부터 할 수 있다는 신념을 가지게 되었다. 한의원과 병원을 찾는 것을 아꼈다. 운동하기 시작했다. 헬스와 강변 걷기운동을 열심히 했다.

　신혼 때 남편은 내게 말했다. "열심히 노력하면 고난도 거뜬히 뛰어넘을 수 있다. 인생도 마찬가지이다." 그제야 그의 말뜻을 헤아렸다. 약이 되는 것은 먹기가 싫은 게 사람 마음이다. 남편이 주는 칡뿌리를 많이 먹어서 힘이 난 것일까? 어릴 때 배고파서 칡뿌리 캐 먹은 것도 지금의 산삼보다 낫다는 그의 말을 믿어야 하나? 나는 혼자서 싱겁게 웃었다.

어떤 실화

1월의 부산은 봄날 같았다. 부산역에 도착해서 지하철을 타려니, 노선을 잘 몰라서 편하게 택시를 세웠다. 타고 보니 백미러가 돌려져 있었다.

"저기 기사님 백미러가?"

"그게 편해요, 뒷좌석이 보이면 불안증으로 운전을 못 해요."

기사님은 빙그레 웃으며 백미러의 사연을 설명하였다. 자기는 무신론자임을 주장하였다. 종교가 없다는 말인 것 같았다.

작년의 어느 여름날, 그날따라 손님이 없었단다. 조수석에는 한 청년이 타고 있었는데 어떤 여인이 손을 들기에 가는 방향이 같아서 합승했다. 청년이 내리기 전에 여인이 먼저 내렸다. 요금도 받지 않았기에 백미러로 여인을 바라보았는데 흔적 없이 사라졌다. 문 여닫는 소리도 듣질 못해 옆에 합승한 청년에게 물어보았다.

"저도 못 들었어요. 이상하네요."

고개를 갸우뚱했다. 개량한복 차림의 여인은 정말 미인이었다고 했다. 아직도 그 얼굴이 스크랩되어 불안한 마음이라 했다.

청년을 내려주고 무엇에 홀린 것같이 한참 한적한 곳으로 정신없이 달렸다. 보따리를 든 할머니가 길 건너에서 손을 들어 차를 세웠다. 그 할머니는, 시간이 늦었는데 택시가 있어 다행이라며 한숨을 쉬었다.

"아저씨, 그쪽으로 계속 가면 공동묘지인데…."

할머니는 말을 하려다 만다. 기사님은 좀 전에 있었던 일을 할머니에게 했다.

"어휴 저쪽 등 너머 동네에 큰 당산나무에 일 년에 한 번씩 천도재를 지내주는 해에는 보이지 않는다는데, 지내지 않은 해에는 꼭 그런 영가가 보인다네요. 기사님도 너무 늦게는 조심하셔요."

그때에는 할머니의 말이 이해되지 않았다.

그 후에도 가끔 그를 놀라게 하는 의문의 일들을 겪었다. 아예 불안증으로 택시 일을 접어두었다. 악몽을 꾸어 신경과에 다녀야 했다. 누구에게 말해도 전설 같은 이야기고 지어낸 것이라고 믿으려 하지 않았다.

그는 이웃의 권유로 작은 절(사찰)을 난생처음 찾았다. 스님은 어느 영가의 한을 풀어주라 하면서 공동묘지에서 천도재를 지내주었다. 그리고 난 뒤부터는 잠도 편히 자게 되고 불안증은 많이 좋아졌다고 한다. 그러나 여전히 백미러는 안 보고 싶고 앞만 보고 간다고 했다. 저녁 늦게는 아예 운전하지 않는다고도 했다.

전설의 고향 같은 이야기를 듣다 보니 목적지에 도착했다. 기사님은 무언가 할 말이 남은 듯 아쉬워하는 얼굴이었다. 요즈음 세상에 있을 수 없는 그런 일을 겪은 사람은 얼마나 황당할까?

"세상에 이런 일이!" 알 수 없는 미스터리가 아닌가. 누가 말했던가, 보이지 않는 것이 더욱 무섭다고. "혼돈의 세계에서 무지몽매는 재앙이 아니라 축복이니 바르게 하면 화를 피한다."(주역 64괘 중에서)라는 글이 생각나서 혼자서 먼지를 털듯 옷 여기저기를 털었다.

해운대의 바닷바람은 시원했지만, 기사님의 말에 여운이 남아 모래를 한 움큼 쥐고 바닷물에 던졌다. 겨울 바다는 겨울대로 운치가 있었다. 수평선 물결에 너울대는 은빛 파도는 무거웠던 나의 마음을 물속 깊이 묻어주었다.

(2019. 7. 수필과지성)

마음 비우기

　오늘도 비가 아침부터 추적추적 내리고 있다.

　연꽃단지 둘레길을 우산을 쓰고 걸었다. 비가 내리는 둘레
길 산책은 한산했다. 나의 우울한 마음을 아는지, 빗줄기가
더욱 세차게 내린다. 연꽃들은 비슷해 보이지만 제각각 모양
이 다르다, 사람들 얼굴처럼. 연꽃은 진흙 속에서 어찌 이렇
게 청순하고 고귀해 보일까. 그들은 비바람에 몸을 맡긴 채
해맑은 웃음을 빗물에 흘려보낸다.

　잠시 소강상태이던 하늘에서 보슬비가 내린다. 비를 맞으
며 걷는 나에게 "무거운 짐은 그만 내려놓으셔요." 하는 듯
연꽃잎이 하늘거리며 바람에 널뛰기하고 있다.

누가 말했다. "삶은 산행과 같은 것이다." 생각 없이 1시간을 걸으니 가슴과 마음이 뻥 뚫어지는 듯 머리가 시원하다. 진흙 속에서도 아름답게 꽃을 피우는 그들은 삶의 인내를 사람들에게 가르쳐주고 있는 것 같다

하늘에서 또 검은 구름이 몰려온다. 한 차례 소낙비가 내릴 준비를 한다. 아는지 모르는지 연꽃들은 하늘거리는 허리를 바람에 맡기면서, "삶은 빗물처럼 흘러가지. 우리는 뿌리까지 사람들에게 다 줄 거야." 하는 듯, 환하게 웃고 있다.

널브러지게 핀 민들레의 꽃잎이 길섶에 하얗게 깔려있다. 떠내려가는 풀씨를 참새들이 부리를 털면서 쪼아 먹고 있다.

미국에 사는 딸은 코로나19로, 전쟁터에 보낸 것 같은 어미 마음이다. 큰딸은 몸이 약해서 걱정이고, 아들들도 오손도손 잘 살기를 바란다. 오늘도 힘든 길을 걷다가 쉬었다. 다 내려놓아야겠다는 마음뿐이다. 여인은 삶의 길에서 마음에 덕지덕지 붙은 아집을 내리기 위해 애쓰지만, 그녀는 쉽게 내려놓지 못하는 짐 때문에 숨이 차다. 언제가 될지 모르지만, 한 줌의 흙이 되기 전에 할 수 있을지 답이 어렵다.

하늘을 올려보니 어디서 날아왔는지 새 떼들이 까맣게 줄을 서 여인의 머리 위를 한 바퀴 돌더니 어디론가 날아갔다.

새들도 그녀의 마음을 알았을까?

작은 행복

7월 중순 장맛비가 내리다가 잠깐 쉬고 있는지, 먹구름이 산 너머로 넘어가고 있었다. 식구들은 주말을 맞아 바다가 보이는 지인의 펜션을 찾았다.

아들 형제 아이들만 갔다 오라 하였건만, 남편이 아침에 잠깐 들렀다 점심만 먹고 오자고 나의 등을 밀어 길을 재촉했다. 같이 가고 싶은 마음인지도. 고속도로는 소나기가 퍼부어 앞이 보이지 않았다. 불안한 마음에 백미러를 바라보니 뒤따라오는 차들도 비상등과 안개등을 켜고 속도를 늦추며 오고 있었다.

산을 돌아 얼마를 왔을까. 어느 도로에는 아스팔트가 하얗게 말라 있어 비가 온 흔적이 보이지 않았다. 하늘의 먹구름 은 여전히 언제인가 비 내릴 준비를 하고 있었다. 하늘의 마 음은 알 수 없었다. 일기예보도 가끔 변덕 부리는 사춘기 아 이들 마음 같다. 코로나19의 영향으로 봄의 꽃들은 저희도 움츠리며 피고 지고를 반복하더니 봄이 지나가고 있었다.

대구·경북은 2020년 우한 폐렴으로 시작한 코로나19가 기승을 부려 석 달 동안 집에 갇혀 더욱 힘들었다. 안타깝게 코로나19에 감염되어 타계한 환자와 그 가족들의 마음은 어 떠했을까?

여름이 되니 코로나19가 조금씩 뒷걸음치는 듯했다. 아직 도 조심조심 마스크를 쓰고 다녀야 하는 불편함에 잠시 벗어 숨을 크게 들이마시는데, 낯선 사람이 옆을 지나가면 얼른 마스크를 쓰고 비껴가는 게 상례가 되었다.

예약한 펜션에 우리 내외가 먼저 도착하여 문을 열고 집 안을 둘러보았다. 큰아들 식구들이 도착하고 이어 막내 부부 와 손녀 손자도 도착했다.

남편은 옆집에 사는 노부부와 반갑게 인사를 나누었다. 요 즈음 사람들의 발길이 한적한 바다를 많이 찾는다고 했다. 그동안 코로나19 영향으로 갇혔던 몸과 마음을 힐링하려고 그러리라.

아들들은 도착하자마자, 아이들의 수영장을 만든다고 열심이다. 바람을 넣고 물을 넣고, 물이 차가울까 걱정되는지 며느리는 물을 덥힌다. 사랑으로 아이들을 다독이는 모습에 새삼 내 아이들 키울 때 생각이 파노라마처럼 지나간다.

나는 아이들 키울 때 다정다감하게 사랑을 주지 못했고 같이 놀아주지도 못했다. 늘 생업을 위해 남편의 일을 도와야 했다. 딸과 아들들은 유치원 때부터 학원을 뺑뺑이 돌리듯 쉴 새 없이 보냈다. 그것이 최선이었다.

방학 때는 외갓집에 애들을 보내, 외할머니와 애들 삼촌이 아이들을 수영장이나 놀이공원에 데리고 가주었다. 아이들은 바르게 잘 자라 주었고, 지금은 가장이 되어 행복하게 딸 아들, 사랑으로 키우는 모습이 정말 고맙다. 손녀와 손자들이 예쁜 수영복을 입고 물놀이를 하며 즐기는 모습에 행복의 날개가 날아다녔다.

지인이 보내준 모둠회가 도착하고 옆집 어부가 잡은 뿔소라를 10kg을 샀다. 뿔소라는 조금 억세 보였다. 며느리들이 손질하고 삶는 과정이 힘들어 보여, 조금 미안한 마음이다. 우리는 늦은 점심을 맛나게 먹고 바다를 바라보면서 길을 재촉했다. 애들은 펜션에서 1박하고 오후에 올 예정이었다.

수평선 너머에는 작은 통통배가 하얀 물길을 따라가고 있었다. 저 통통배는 어디가 끝일까? 늘 반복하는 바다와의 만남에 익숙해진 저들도 어둠이 깔리면 가족이 기다리는 집으로 돌아가겠지. 바다를 바라보기만 해도 코로나19로 갇혀 있던 묵은 체증 같은, 우울한 마음이 펑 뚫린 듯 머리가 시원하다.

남편은 바다를 바라보며 좋아하는 나를 보고 빙그레 웃으며 말없이 손을 잡아주었다.

행복은 작은 마음에서 느끼는 것 같다. 사람들이 매일 반복하는 일상에서 가끔 탈출하여 바다나 산을 찾는 것은 그들의 삶을 힐링하기 위함이리라.

장맛비

　올 7월에는 장맛비가 사십여 일 계속 쏟아져, 하늘이 구멍이 났나 원망스럽게 하늘을 올려보고 또 보았다. 곳곳의 도시에는 둑이 터지고 보가 넘쳐 홍수가 나고 이재민이 넘쳤다.

　지난 2월부터는 우한에서 발생한 코로나19가 대구의 어느 종교단체 종교인으로부터 발병되어 대구가 코로나19의 온상처럼 되어버렸다. 대구에서 서울에 가면 일부 택시 기사가 손사래 치는 정도였다.

　온 국민이 마스크 쓰기와 위생 소독에 동참하였고, 의료진과 봉사자들 모두 한마음이 되었다. 회오리바람이 가랑비처럼 줄어들듯 조금은 코로나19가 뒷걸음쳤다. 봉사자들이 서로 모여 마스크를 만들어 어려운 사람에게 보내기도 하였다.

미국과 유럽에서는 수를 셀 수 없이 신종 코로나에 전염되고, 사람들이 죽어 나가고 있다는 끔찍한 뉴스가 매일 보도되고 있었다. 외국에 사는 가족이나 친지에게 마스크라도 보내려고 노심초사하는 사람들이 안타까운 심정으로 나날을 보냈다.

조심조심 일주일 전에 서울 병원에서 초음파와 몇 가지 검사를 했다. 딸이 승용차를 갖고 갔다. 우리나라는 온 국민이 자신의 위생과 방역에 힘썼기에 조금은 코로나19가 잠잠해졌다. 오늘은 결과와 약 처방을 받으러 서울행 버스에 딸이 동행하기를 소원해서 함께 갔다.

하늘에서 금방이라도 소낙비가 쏟아질 것 같았다. 힘없이 내리는 비에 대중교통을 택한 것이다. 경기도는 산사태에 동네가 잠겨 강이 되어 높은 지역 학교 같은 데로 몸만 겨우 대피한다고 했다. 계속 내릴 듯한 장맛비는 내리다 말기를 계속하였다. 서울에 도착하니 소강상태였다. 공공장소에는 서로 사람들을 피하여 얼굴을 돌린다. 마스크가 알록달록 유행하여 검은 옷에 검은 마스크는 섬찟한 마음이다.

서울에 도착하니 2시가 넘었다. 늦은 점심을 먹고 시간이 남았기에 병원 밖 쉼터에서 차를 마시며 기다렸다. 환자를 데리고 나온 보호자들도 있었다. 휠체어를 탄 환자가 피 주머니와 진통제 등 여러 가지 주머니를 주렁주렁 달고 나무 등의자에 쉬고 있는 모습에 6년 전에 심장 수술한 나를 되돌아보게 했다.

심장 수술하고 일주일까지 링거 없이는 밤에 잠을 자지 못했다. 잠을 겨우 청하여 자려면 꿈인지 생시인지 분간하기 어려웠다. 깊은 수렁에 빠지는 꿈을 꾸곤 했다. 8일째가 되니 조금씩 나아졌다. 10일 만에 퇴원하니 이제는 살았구나, 하는 안도감에 눈물이 소리 없이 흘러내렸다. 제2의 삶은 또 다른 희망에 모든 것이 새롭고 고마웠다.

그해 일 년 내내 병마에서 벗어나지 못했다. 면역력이 약하니까, 병마들이 엎치락뒤치락 달려들어 나를 힘들게 했다. 문학회 행사와 시와 수필 글쓰기는 접어야 했다.

미국에서 작은딸이 손녀 둘을 데리고 한국에 왔다. 딸은 서둘러 이사하자고 했다. 주택의 3층을 오르내리는 엄마가 힘들어 보였는지 아파트로 이사하였다.

벌써 이사 온 지도 5년이 넘었다. 이제는 여기도 정이 들었다. 1층이라서 손자 손녀들이 와도 마음 놓고 놀 수 있어서 좋다. 이제는 부정할 수 없는 할머니 마음이다.

코로나19 때문에 예약을 몇 번 미루다 병원을 찾았다. 요즈음 사람들 어느 누가 코로나 바이러스를 가졌는지 모른다고 딸은 사람들을 견제하면서 소독을 해주었다. 병원에는 보호자 1인 외 면회 사절이라 했건만 사람들이 많이 붐볐다. 호전되었다는 의사의 소견과 처방전을 받았다.

　어느 지방에 홍수가 나서 이재민이 났다는 TV뉴스가 맘을 아프게 한다. 밤이 깊어가고 또 하루가 지나가고 있다.

코로나 블루

봄바람이 따스하게 불어오고 벚꽃이 화사하게 웃고 있는 어느 날, 경주를 찾았다. 월성의 북동쪽에 있는 안압지의 풍광이 아름다워 물줄기를 따라 산등성이를 한 바퀴 돌았다.

연꽃들이 드문드문 외롭게 꽃을 피우고 있었다. 신라 시대의 연못이었던 곳으로 문무왕 14년에 궁성 안에 못을 파고 화초를 심었다는 기록(삼국사기)이 그들의 흔적을 말해주는 것 같다. 신라의 혼들이 노니는 듯 만남을 위해 물가를 기웃대며 물속에다 입질하는 검은 나비가 연못 속을 내려다보는 것 같았다.

물길은 길을 따라 돌고 돌았다. 물고기들도 미끄럼을 타며 올라갔다 내려가고 있었다. 물거울에 비치는 나의 모습이 깨어지고 부서지면서 다시 본래의 모습으로 돌아왔다. 일렁이는 물가를 바라보니 어지러움이 느껴지면서 물속으로 걸어 들어갈 것 같다. 물속의 잉어들은 오가는 사람들에게 보여주는 듯 다이빙을 하면서 놀고 있었다. 석양에 비치는 잉어들의 등 비늘이 보석처럼 반짝였다.

코로나19라는 전염에 마스크를 쓰고도 사람이 무서워 비대면으로 거리 두기를 하는 시대라 집에만 있으니 우울증이 생길 것 같다.

경주 안압지를 찾으니 산등성 군데군데 모여앉은 들꽃들이 어렵게 꽃을 피워 봐주는 이 없이도 잘도 견디고 있었다. 졸졸 흐르는 물길같이 그냥 그렇게, 외로우면 외로운 대로 어려우면 어려운 대로 세상은 그렇게 흘러갈 것이라고…. 이름도 없는 들꽃들은 고운 웃음으로 나를 반긴다. 어미 잉어 뒤를 줄 세워 달리는 새끼 잉어들은 앞만 보고 달려가고 있다.

하늘에 먹구름이 몰려왔다가 산 너머로 달려가더니, 회색 구름은 갈까 말까 하는 듯…. 비는 내리기 싫은데 바람과 구름이 등을 밀고 있으니, 비가 울상이다. 눈물 같은 수액이 한두 방울 뚝뚝 떨어지고 있다.

나는 하늘을 바라보며 안압지를 떠났다. 자연의 힘은 누구도 알 수 없는 그들의 마음인 것을⋯. 목마른 이팝나무가 하늘을 바라보며 구름에게 두 손을 흔들고 있다.

반딧불은 옷을 입지 않는다

   산통의 신음 애처롭게 들리더니, 아기의 울음소리가 세상에 나왔다는 노랫소리로 들린다. 한 돌 된 아이의 눈을 본다. 무얼 가리키고, 짝짜꿍을 하고, 손짓으로 재롱을 부린다. 아이가 어른이 되면 어떻게 변할까. 예쁜 옷을 입고 싶어 하고 화장도 하면서 행복을 꿈꾸겠지.

   미물인 개똥벌레도 여름 한 철 어둠을 밝히는 노력을 하지 않았던가. 과연 나는 내 자리에서 무엇을 했는가. 다람쥐 쳇바퀴 돌듯 삶에서 무엇을 생각했는지 나도 모른다. 이 세상 마감할 때는 태어날 때와 같이 빈손으로 갈 텐데, 이해하면서도 오해를 하고 있다.

초등학교 때 친척 오빠가 병 안에 잡아 온, 반짝이는 벌레에게서 불빛을 보았다. 신기하고 재미있게 생각했다. 인간이 미물과 다른 이유는 많은 사람의 연구와 희생으로 문명 시대에까지 올 수 있었기 때문이다. 선구자인 과학자 의학자들, 오히려 지금 우리는 문명의 노예가 되고 있는지도. 하나를 얻으면 하나를 버려야 하는지도. 나는 옷을 입었지만, 벌거벗은 마음으로 살아가는 사람이 되는 것은 아닐까?

등불

 섣달의 우윳빛 하늘은 꽁꽁 얼어 있다. 달리는 차 창밖을
초점 없이 바라보니 자꾸만 가물거리는 등불이 눈앞에 아른
거린다.

 지난날, 일본에 계시는 시삼촌이 서울 친척 집에 오셨다.
시삼촌께서는 연세가 91세이다. 남편과 나를 무척 반갑게
맞으셨다. 오 년 전만 해도 골프를 즐기시면서 나이는 숫자
에 불과하다고 하셨다. 우리에게도 늘 운동해야 한다고 당부
하셨다. 정신이 오락가락하면서도 당신 아버지 어머니 산소
못 가 뵙는 걸 못내 아쉬워하셨다.

 어느 해 겨울 운동을 하다 골절상을 입고부터 몸져누우면

서 거동이 불편해지셨다. 이제는 등불에 기름이 조금밖에 남아 있지 않은 것 같다. 나를 알아보았다가도 금방 "댁은 누구십니까?" 되묻기도 하셨다. 돌아오는 길은 마음이 착잡했다.

　오늘은 고등학교 시절 친구의 딸 결혼식에 간다. 며칠 전부터 어떤 옷을 입을까 생각해보았다. 친구들은 어떤 모습일까, 얼굴을 알아볼 수 없는 아이들도 있을까 하면서 간밤에는 잠을 뒤척였다. 어제 예약해둔 기차표를 코트 주머니에 넣고도 가방에서 이리저리 찾았다. 언제나 나는 버릇처럼 허둥대는 편이다. 오늘은 어쩐지 마음이 불안하다. 무엇을 잊지나 않았는지 뒤돌아보았다.

　역에 도착하니 사람들이 웅성거렸다. 기차가 대전 근처에서 기관 고장으로 1시간 10분이나 연착이라고 했다. 예매한 사람 중 다른 차편으로 여행하려는 사람들에게 역 직원이 환불을 해주고 있었다. 나는 부산까지 가야 하니 기다려야 했다.

　느림보 기차를 탈 수밖에 없었다. 달리는 창문에 기대어 겨울 하늘을 바라보면서 지나온 세월을 하나하나 떠올려본다. 모처럼 가져보는 여유이기도 했다. 충분히 일찍 나왔기에 연착을 고려하더라도 예식 시간까지는 남은 시간이 충분했다. 그런데도 이내 마음은 예식 시간에 늦어질까 마음은 부산스러웠다. 기차는 삐거덕 삐걱 금방이라도 부서질 것만 같다. 내가 탄 객차가 맨 끝 차이어서 그렇겠지 마음을 스스로 달래고 있었다.

기어이 덜컹하더니 정지하였다. 울상이 되어 있는데 천장에 달린 스피커에서 "승객 여러분, 죄송합니다. 기관차의 안전핀이 파손되었으니 조금만 기다리셔요." 한다.

타는 냄새는 나를 더욱 불안하게 만들었다. 기차 안 사람들은 가만히 기다리는 듯하지만, 못마땅한 얼굴들이다. 10분쯤 기다리니 기차는 슬금슬금 가기 시작했다.

다행히 예식 시간이 오후 2시라서 겨우 맞출 수 있었다. 혼주석에 외로이 앉아있는 친구는 연방 눈에 손수건을 갖다 댄다. 지난여름에 간경화증으로 하늘나라에 보낸 남편을 생각하고 있는 것이리라. 그의 남편은 언제나 부인을 사랑하고 오래 살 것같이, 친구는 믿었지만, 갑자기 세상을 떠났다. 반년도 되지 않아 딸을 시집보내야 하니 얼마나 마음이 섭섭할까. 예식이 끝나고 친구의 얼굴은 웃고 있어도 그 너머엔 계속 눈물이 흘러내렸다.

시간은 흘러 오랜만에 만났지만, 친구들과 헤어져 역으로 달려갔다. 서울 가는 친구는 나와 못다 한 이야기를 더 하고 싶어 내가 타는 느린 기차에 함께 몸을 실었다. 그는 오랜만에 지난 세월 힘든 삶을 살았노라 하소연했다. 나는 조용히 들어주는 것으로 그의 아픈 상처를 달래줄 수밖에 없었다.

기차는 부산에서 출발하여 한참을 달렸는가 싶더니 대구 근교에서 덜컹하는 소리와 함께 또 정거했다. 동시에 불이 꺼지고 캄캄하다. 사람들은 숨을 죽이고 조용하더니 이내 웅성거리기 시작했다. 집으로, 부모님께, 친구에게 불 꺼져 정거한 기차 속의 상황을 휴대전화로 연락하고 있었다. 나는 가만히 있으면서 수년 전에 대구 지하철 참사를 떠올렸다.

그때도 사람들은 큰 참사일 줄 몰랐으리라. 갑자기 무섭고 불안하다. 15분이 지나도 캄캄하다. 친구는 서울 가는 빠른 기차를 탔으면 벌써 도착했을 시각인데 정말 미안했다.

스피커에서는 기관사의 사과 방송이 흘러나온다. 조금만 더 기다리란다. 집에서 막내로부터 전화가 왔다.

"어머니 도착시각이 넘었는데요."

"지금 기차가 정거 되어 있고, 불이 꺼진 채로 있단다."

"왜 전화도 않고 그렇게 계셔요."

조금 기다리니 불이 켜지고 기차는 슬금슬금 기어가기 시작했다. 나만이 아니라 사람들은 안도의 숨을 쉬었다. 어릴 적 기억으로는 기차는 너무나 빨리 달렸다. 이제 고속열차가 생기고 비행기가 있으니 무궁화호는 옛날 달구지같이 느리

다. 나라꽃 무궁화의 영화를 대신하여 쌩쌩 달렸건만 무궁화
호도 이제 세월 속에 묻혀야 하나 보다. 기력이 쇠잔하여 수
명이 다 되어가는 것 같았다.

오늘은 온종일 불안의 연속이다.

유리창 너머 멀리 가물거리는 등불에서 시삼촌의 얼굴이
보이는 듯하다.

2
길 위의 문학

청보리밭에서

지인들과 청마문학관을 찾았다.

파도야 어쩌란 말이냐
파도야 어쩌란 말이냐
임은 뭍같이 까딱 않는데
파도야 어쩌란 말이냐
날더러 어쩌란 말이냐

유치환 시인의 시 구절이 나의 발을 묶는다. 전시관에는
시인의 삶을 조명한 '청마의 생애'가 상영되었다. 이를 감상
하면서 작품의 변천을 돌아보았다. 발자취를 따라 세월을 거

슬러 시인과 이야기하는 듯한 착각까지 들었다.

유치환 작가의 「행복」이라는, 그가 보낸 빨간 우체통의 편지.

"사랑하는 것은 사랑을 받느니보다 행복하다. 오늘도 나는 에메랄드빛 하늘이 보이는 우체국 창문에 와서……."

소녀 적 감상에 젖어 펜팔 하던, 먼 날 추억이 머릿속을 스쳐 갔다.

유치환 작가의 『고독하지 않다』(1963)란 산문집이 좋았다. 읽고 또 읽은 기억이다.

한국 현대문학의 어머니 박경리 소설가의 묘소를 찾았다. 박경리 작가의 대표작 「토지」「김 약국의 딸들」, 작가의 삶을 볼 수 있는 영상실이 마련되어 선생의 문학세계 이해에 도움이 되었다. 작가의 소박한 삶이 느껴졌다.

지인들은 남해 바닷가로 자리를 옮겼다.

꽃샘바람과 함께 소금 바람이 불어온다. 가슴에 펑 하는 소리가 들리는 듯 몸속에 남은 찌꺼기가 바다 아래로 시원하게 날아갔다. 큰 바위 뒤에는 동백꽃이 빨갛게 피어있었다. 미처 피지 못한 꽃봉오리가 '악' 소리를 내며 옆 친구 따라 '후두두' 굴러떨어진다. 못다 핀 꽃봉오리, 세월호 참사의 아이들 같다.

준비해 온 음식을 펼쳐놓고 옹기종기 둘러앉았다. 바닷바람을 안주 삼아 곁들이는 소주 한잔의 맛은 일품이다. 흥에 겨운 듯 지인들은 시를 낭송한다. 한 지인은 "연분홍 치마가 봄바람에, 휘날리더라." 봄을 가슴에 담으면서 노래를 불렀다. 각박하고 힘든 세상이라고 하지만, 문인들이 모이는 곳은 순수한 때 묻지 않은 텃밭이다. 봄에 파랗게 돋아나는 청보리밭 같았다.

일행은 다시 만날 날을 기약하였다. 내일의 희망이 우리의 바람으로, 오늘도 사람들은 삶에 도전하며 뛰고 있다.

백두산에 오르다

중화민국(중국) 심양에 도착했다.

우리나라의 96배, 우리 한반도 46배라 하니 예전의 조선이 말하듯 대국인가? 1616년 후금을 세운 누르하치는 연호를 천명이라 했고, 훗날 황태극이 국호를 청으로 개칭했다. 여진이 문자를 발명하고, 군사제 팔기八旗를 제정한 것이 청까지 이어졌다. 나라의 기틀을 세운 누르하치는 스스로를 황제라 칭했다. 그가 죽자 아들 황태극이 아버지를 능에 모셨다. 황릉이 특이한 것은 우리나라와 달리 묘소를 잔디가 아닌 시멘트로 덮었다. 그리고 꼭대기에 구멍을 내 나무를 심었다. 구멍을 낸 것은 하늘의 기를 받기 위함이라 했다. 우리 한국과의 문화 차이일 것이다.

중국에서 다섯 번째로 큰 도시가 심양이다. 인구가 800~1,500만이며, 옥수수밭이 보통 십 리 길이었다. 먼날 그들의 주식이었다. 우리나라 강원도 옥수수밭은 비할 바가 아니다. 그 나라의 제일 귀한 음식은 모기 눈알로 요리한 음식이라 한다. 보양식으로는 원숭이를 삶아 먹는데 그중에 머리의 골을 제일 선호한다. 듣기만 해도 속이 편칠 않았다. 외국 사람들은 우리나라가 여름 보양식으로 개(보신탕)를 먹는다고 야만인이라고 한다지 않는가. 그 나라의 독특한 음식문화를 인정하는 자세가 필요할 것이다.

다음 날은 온종일 비가 추적추적 내렸다. 버스가 낡고 도로 사정이 좋지 않아서인지 일곱 시간이나 차에 갇혀 있었다. 다리가 저리고 불편했다. 작지만 우리나라처럼 살기 좋고 공기 좋은 곳은 찾기 힘들 것 같다. 장백산 폭포가 눈앞에 있지만, 나무 계단이 가파르고 높아서 올라갈 수 없었다. 중간에서 바라만 보았다. 내려오는 길에 온천물에 손을 담그니 따뜻했다.

길 안내자가 반가운 소식을 전했다. 백두산 천지天池 가는 길이 붕괴하여 못 가는 줄 알고 있었는데, 공사가 완공되어 올라갈 수가 있다고 했다.

백두산은 여진女眞과 조선의 경계에 있으며 온 나라의 지붕이라 해도 과언이 아니다. 산 위에는 큰 못이 있고 그 둘레가 800리가 된다. 그곳에서 서쪽으로 흐르는 물이 압록강, 동쪽으로 흐르는 물이 두만강, 북쪽으로 흐르는 물이 혼동강이다.

백두산은 화산작용으로 용암이 솟아 나와 이루어진 화산이다. 백두산 꼭대기 가운데 분화구에 물이 고여 생긴 자연 호수를 '천지'라 부른다. 화구벽이 병풍처럼 둘러싸고 있다. 이곳 날씨는 신비할 만치 변화가 심하다.

백두산은 우리 민족의 성산이라 불린다. 얼마간 올라가다가 버스에서 내리니, 봉고차 수십 대가 대기하고 있다. 가파른 산꼭대기를 올라가고 내려오고, 아찔한 오토바이 서커스단 같았다. 산모퉁이를 돌면서 달려가는 차 안은 어지럽고 숨이 막혔다. 잘못되어 사고라도 날까, 겁을 먹어 아무 말도 나오질 않았다. 사람이 많이 몰려 여차하면 사고가 날 것 같았다. 며칠 전에도 버스가 올라가다 낭떠러지로 굴렀다고 하니….

천지를 찾아온 사람들에게 밀려 비닐 신발은 다 떨어지고 우의 한쪽도 찢겨나갔다. 일행을 찾기도 어려웠다.

산에 올라오니 하얀 눈밭이다. 천지를 보려고 사람들 사이

를 뚫고 올라갔다. 마치 피란행렬과 같다. 서로의 눈은 날카
롭다. 먼저 천지를 보려는 싸움 아닌 싸움이다. 깨금발을 올
려도 보이질 않는다. 변덕을 부리는 날씨 탓에 천지를 볼 수
있을지 아무도 예상할 수 없다.

　방금까지 눈이 왔는데, 안개가 살포시 걷히고 햇볕이 비치
는가 싶다. 서서히 구름이 걷히고 천지의 파란 호수가 신비
의 요정같이 나타났다. 건장한 남자가 한자리를 지키고 서서
환호성을 지르며 사진을 찍고 있었다. 조금만 자리를 비켜주
면 좋겠는데 꿈쩍도 하지 않는다. 밀면서 파고들었다. 멀지
않은 곳에서 남편이 사진을 담고 있었다. 이산가족을 찾은
듯 반가웠다. 한 줄기 햇볕이 천지의 호수를 비춘다. 사람들
의 아우성이 시끄러운지 구름이 천지天地 호수 문을 닫아버
렸다.

　눈바람이 우박이 되어 얼굴을 때린다. 아쉽지만 일행을
따라 급히 하행하여 버스에 올랐다. 사람들은 아직도 천지
의 신비함에 젖어 고생하며 중국에 온 보람이 있다고 행복
해한다.

　중국 길림성 지안시로 이동했다. 고구려 광개토대왕릉에
참배하고, 장군총 옛 성터를 돌아보았다. 보존에 소홀하였는
지, 초라한 왕궁터는 흔적만 남아 있다. 광개토대왕릉비는

하나의 큰 바위(한국에서 가장 큰 비석)에 그의 업적이 기록되어 있었다. 414년, 장수왕이 아버지 광개토대왕의 업적을 칭송하여 세운 비석으로 4면에 1,802자가 기록되어 있다. 당파싸움만 하지 않고 나라를 굳건히 지켰다면, 이곳이 우리 대한민국 땅일 텐데……, 하는 생각을 해본다.

　단둥으로 이동하였다. 6.25 전쟁 중 미군이 폭파한 철교 중간에는 다리목만 댕그라니 놓여 있다. 6.25 때 폭파된 낙동강 철교가 눈에 아롱거린다.

　강을 사이에 두고 이쪽은 중국, 강 건너는 이북 땅이다. 배 타는 것을 허용한다기에 이북에 가는 마음으로 좀 더 가까이 가서 바라보았다. 조그만 조각배가 우리 배로 다가왔다. 며칠 굶은 것 같은 이북사람이 술과 담배를 팔러 왔다. 남편은 같은 동포라고 기념사진을 찍었다.

　강 건너에는 그들의 초소가 보이고 양 떼들이 한가롭게 풀을 뜯고 있다. 마음이 착잡하다.

신의 마지막 작품

늙은 신의 마지막 작품.

이대기(1551-1628)가 백령도를 표현한 말이다. 그 정도로 백령도는 절경을 자랑한다. 백령도는 우리나라 서해의 최북단 섬으로 북한과 마주하고 있다. 따오기가 흰 날개를 펼치고 하늘을 나는 모습을 닮았다고 해서 백령도라 불린다.

왜관에서 밤 12시에 출발했다. 버스가 달리는 동안 일행은 자다 깨다, 새우잠을 잤다. 인천부두에 도착하니 5시다. 무박을 한 셈이었다. 예약한 식당이 문 열기를 기다려 아침을 먹고, 용기포행 여객선에 올랐다.

며칠 전 여객선 침몰 사건이 있고 난 뒤라, 배를 타는 게 꺼

림칙했다. 상당히 추울 것을 예비해 두툼한 옷을 갖고 갔다. 청명한 하늘, 춥지도 덥지도 않은 화창한 가을이었다. 인천 항에서 소청, 대청을 지나는 동안 바다는 파도도 없이 고요 했고, 배는 미끄러지듯 조용히 달리고 있었다. 멀미하는 사 람은 아무도 없었다. 4시간쯤 되니 목적지인 백령도 용기포 신항에 도착하였다.

천연기념물 391호, 세계에서 두 곳밖에 없는 규조토 해변 인 '사곶해변'으로 갔다. 비행기 착륙이 가능한 천연 비행장 이다. 서해로 가물가물 북한이 보였다. 바다 저편에는 철조 망이 쳐 있었다. 썰물 시각이라 모래가 단단하게 굳어져 차 가 지나가도 자국이 많이 나지 않았다. 시원한 백령도 앞바 다에서 기념 촬영을 하면서 이곳에 온 것을 실감했다.

다음은 '용틀임바위'로 갔다. 용이 승천하는 모습 같다 하여 지어진 이름이다. 가마우지와 갈매기들의 서식지라 고 한다.

연화리 중동교회, 우리나라에서 두 번째로 세워진 장로교 회이다. 이곳에는 수령이 90~100년에 이를 것으로 추정되 는 천연기념물 521호, 연화리 무궁화가 있다. 손가락바위 전 망대에서 늑대바위를 바라보니, 맑은 날씨에 바다 멀리 대청도가 보였다.

2010년 3월 26일, 서해 백령도 서남쪽 연화리 앞바다에서 임무 수행 중이던 천안함이 북한의 어뢰 공격으로 두 동강 났다. 천안함 위령탑에서 희생된 46인의 용사들에게 헌화하고, 젊은 영혼들이 고이 잠들 것을 기원하였다. 같은 민족이면서 언제까지 총칼을 겨눠야 하는지 안타까운 마음이다.

주문진 포구에서 출발하여 40여 분 배를 타고 서해의 바닷길을 유람했다. 장군들이 머리를 맞대고 회의하는 것 같다고 이름 붙여진 주문진, 서해 해금강, 다양한 기암괴석이 펼쳐지는 백령도는 한 폭의 그림이다.

선대바위 형제가 나란히 서 있는 모습, 광해군이 신의 모습이라 극찬을 하였다는 바위, 사람이 물 위에 두둥실 떠 있는 듯한 모습, 촛대처럼 날아갈 듯 서 있는 바위들, 고릴라처럼 앉아있는 괴석, 같이 간 지인들은 입을 다물지 못하고 환호성의 감탄사를 울렸다. 자연이 낳은 크고 작은 예술적인 바위들을 눈에 담고 사진에 넣으며 화창한 날씨 덕에 꼼꼼히 관람했다.

10년 전 간척지로 개발된 들은 끝없이 넓고 넓었다. 망원경으로 서해를 바라보며, 효녀 심청이 눈먼 아버지를 위해 바닷물에 몸을 던진 인당수를 감상하였다. 맑은 날씨 덕에 멀리까지 보였다. 요즈음 뉴스에는 재산을 둘러싼 부모와 자식 간의 부도덕한 사건 사고들로 가득한데, 효녀 심청의 동상을 바라보며 많은 사람이 교훈으로 삼았으면 좋겠다. 살아 계실 때 잘해드리지 못하고, 돌아가시고 나니 후회해 본들 돌이킬 수 없다.

간척지인 들을 지나니 해군부대에서 훈련하던 군인들이 우릴 반기면서 손을 흔든다. 일행들도 아들 같은 군인들에게 보이지 않을 때까지 손을 흔들어주었다.

모래 하나 없는 몽돌만이 모여 있는 해변에서 맨발로 걸으며 바닷물에 발을 담갔다. 양옆에 바위들의 모습, 절경이었다. 자연산 굴과 막걸리까지 한잔하니 별미였다. 백령도 메밀국수의 담백한 맛 또한 처음 느껴보았다.

오늘 저녁은 개기월식이 있다. 붉은 달을 인터넷으로만 볼 것을 생각하니 조금은 안타깝다.

육지에서는 백령도가 조금 불안해 보였는데, 막상 오니 평온하기만 하다. 이북에서만 평화를 유지하면 더없이 살기 좋은 백령도일 것이다.

육지로 나오는 여객선이 바람 한 점 없이 잘도 온다.

백제와의 소통

부여를 찾았다.

신동엽 생가는 시인이 소년기와 청년기를 지낸 곳이다. 문학관에 들어서니 김옥상 화백의 작품 '시의 깃발'이 있다. 신동엽의 대표 시 구절들이 깃발처럼 날리고 있다.

"껍데기는 가라 사월도 알맹이만 남고…. 껍데기는 가라."

국어 교과서에 실린 「산에 언덕에」 등, 역사의식을 일깨우는 수많은 명작을 발표한 참여 시인이다.

폐가처럼 버려져 있던 생가를 시인의 아내가 복원했는데, 건축가 승효상에게 맡겼다고 한다. 그의 건축공법은 특이했다.

해설사가 신동엽 시인의 내력을 해설하는 중에 나는 그의 발자취를 찾듯 어릴 때의 모습을 그려보았다.

만수산 자연휴양림의 연밭 둘레길을 거닐었다. 수양버들이 가을바람에 그네를 뛰고 있다. 연꽃은 지고 없지만, 연잎만이 자리를 지키고 있다. 길게 놓인 나무다리 위에 고고하게 서 있는 정자가 운치 있다. 연밥과 연꽃 막걸리는 맛의 향연이었다.

백제문화단지로 향했다. 백제는 기원전 18년 위례성(서울 한강 유역)에 나라를 세운 온조왕부터 서기 600년 31대 의자왕에 이르기까지 약 700년가량 문화를 꽃피웠다. 동북아 문화 교류에 중요한 역할을 한 해상 강국이었다.

부소산성은 백제의 도성으로서 왕궁의 후원이었고 백마강이 바로 옆으로 흐른다. 백제 말기 "의자왕은 항상 고란 약수를 드셨는데 바위에서 자라는 고란초를 띄워오게 하였다."라는 전설이 있다.

정림사지 5층석탑은 우리나라 석탑 양식의 계보를 정립하는 데 귀중한 자료로, 부드럽고 온화한 백제 문화가 그대로 녹아있어 백제의 표석처럼 서 있다.

백제가 무너지던 날, 백제의 여인들이 절개를 지키기 위해 백마강에 몸을 던졌던 바위 절벽 아래 '낙화암'이라는 글자가 새겨져 있다. 고란사는 낙화암에서 목숨을 바친 백제 여인들의 원혼을 달래기 위해 부소산 절벽 중턱에 지어졌다.

우리의 지난날 역사는 정말 훌륭하다. 하지만 그 오랜 역사가 개인의 욕심으로 인해 허무하게 무너지고 있다. 지나온 역사에도 당파싸움에 나라가 멸망하는 예가 많았다.

봉화 띠디미마을

봉화의 작은 띠디미마을에서 시 낭송 행사를 했다. 산수유의 작은 별꽃이 청청한 하늘에 나비와 같이 날아다닌다.

사람들의 가슴에 노란 꽃이 살며시 안긴다. 집이 몇 채 되지 않아 보이는 작은 산 중턱에 삼삼오오 짝을 지어 사람들이 모여들었다. 도랑 건너로 보이는 꼬불꼬불한 길이 충청도 산골 외갓집 가는 길 같다.

1부 행사가 끝난 후 소박한 나물비빔밥을 맛있게 먹었다.

2부 행사가 시작되었다. 서울에서 온 문인들과 행사를 위해 달려온 국악인, 명사에게도 산수유 꽃잎들은 이리저리 옮겨 다닌다. 머리 위, 옷 사이로 들앉아 "인사 올립니다." 하는 듯 노란 산수유는 봄바람에 빙빙 돌며 하늘 위로 꽃을 뿌리고 있었다.

대금의 풍악 소리 심금을 울리고, 고전 춤을 추는 여인의 버선발은 구름 위를 나는 듯 두둥실 떠다닌다. 산수유 가지 사이로 참새들 짹짹 시 낭송에 흥을 더한다. 꽃샘바람이 시샘하는지, 하늘의 구름이 비를 몰고 올 듯 사람들의 옷깃을 여미게 한다. 지인들은 흥에 겨워 "네가 산수유로구나." 사랑스러운 눈으로 노란 물감을 터트리는 산수유의 작은 꽃잎에 사랑을 담는다.

띠디미의 작은 마을에도, 꽃이 피는 봄이 지나면 열매를 맺고 또 추운 겨울이 지나야 봄이 온다는 것을 그들은 알고 있을 것이다. 그렇게 피고 지고를 반복하면서 산수유는 마을을 지켰으리라.

조그만 좌판에 조롱박과 콩, 산수유 열매, 더덕을 올려놓고 아주머니들이 친절하게 웃고 있다. 아주머니가 머리에 수건을 쓰고 있는 모습이 낯설지 않다. 꼭 엄마 같다. 돌아가신 엄마가 뒤에서 바라보는 듯하여 조롱박과 산수유를 샀다.

꼬불꼬불 산등성이를 돌아서 나오니 참았던 봄비가 부슬부슬 내렸다. 청청한 작은 마을에 핀 별꽃 같은 노란 산수유의 웃음이 한 폭의 그림을 본 것 같았다.

울릉도

독도에 갔다. 잠시 둘러보고 사진에 담았다. 아름다운 섬이다. '독도는 우리 땅'이라는 문구가 새겨져 있다.

514년 신라 지증왕이 이사부를 보내어 우산국, 지금의 울릉도를 정벌하여 독도까지 우리 땅으로 편입했다. 1900년 대한제국이 독도는 우리 영토라고 세계에 공고했다.

독도는 황금어장이다. 오징어 명태 대구 상어 송어 전복 소라 홍합 등의 해산물과 해초류가 나온다. 바다제비 섬새 괭이갈매기 등 많은 새의 서식지이기도 하다. 독도 '하늘공원'에 올라서니 감격스럽다.

울릉도는 아늑한 어촌마을이다. 태양 비바람, 온 우주가 가득 차 있는 것 같다. 화산섬인 울릉도는 바다 기슭 대부분이 절벽으로 이루어져 있다. 겨울에는 눈이 많이 내리고, 오징어와 호박엿이 유명하고, 산기슭의 산나물들이 해풍에도 잘 자라고 있었다. 우리나라에서 제일 오래된 향나무(2,300여 년)가 수호신처럼 버티고 있다.

거북바위 악어바위라고 불리는 바위들이 병풍처럼 늘어서 있다. 중국의 천문산을 닮았다고 지인이 말한다. 산책로 바위 옆에 앉아있는 취나물 곰치 산나물들이 여행객들을 바라보며 웃고 있는 듯하다. 아름다운 경치와 바닷바람에 둥둥 떠다니는 것 같았다. 늦여름이지만 아직은 해가 뜨겁다. 해는 모든 것을 품어준다더니, 바다가 더욱 아름답고 바위들이 한층 빛나 보였다.

어촌 아낙의 나물 캐는 솜씨는 과연 수준급이다. 억센 손은 갈퀴 같아 보였고, 누가 지나가는지 관심 밖이다. 아름다운 경치보다는 삶이 먼저였고, 해풍의 비바람과 파도에 인내 없이 살기 힘들었으리라 짐작한다. 지금은 관광객들이 찾아와 조금은 경제가 좋아졌겠지만, 육지에서 떨어진 섬에서 해물과 나물 등으로 생을 지탱했을 것이다.

산책로 바위에 기대어 있는 소나무 고목의 허리가 둥그렇게 패어 있고, 나뭇가지도 휘어져 있다. 바닷바람에 상처가 난 것일까. 혹 겨울 해풍에 넘어지지 않을지 뒤를 돌아보고 또 돌아보았다. 친정집에 가면 용돈 조금 쥐여주고 금방 떠나는 딸의 모습에 손 흔들며 서 있는 돌아가신 엄마 같아 눈시울이 뜨거워진다.

얼마 전 광복 70년을 맞이했다. 1910년에서 1945년, 그간의 식민지 생활에 우리 조상들은 얼마나 힘들었을까. 일본 제국주의에 저항했던 안중근 윤봉길 유관순 등 많은 애국 열사들이 나라를 바로 잡으려고 투쟁하고 또 투쟁했으리라. TV만 보고도 감격스럽다. 허름한 옷을 입고 태극기를 손에 들고 만세를 부르는 애절한 모습, 조상들의 험난했던 36년 간의 고난을 우리 후손들은 다 알지 못한다. 광복의 의미를 되살리고 애국지사들의 고귀한 희생정신을 잊지 말아야 할 것이다. 그들의 희생으로 오늘의 행복한 여행이 있으리라.

가방을 챙겨 외국 여행지에서 며칠 지내다 보면 나의 자리가 제일 편한 것을 느낀다. 그것이 고향이고 나의 조국이다.

항구에서 배를 타고 육지로 달린다. 바람 한 점 없는 평화로운 바다, 뒤편에 원망스러운 일본 대마도가 보인다. 잔잔한 물결, 햇살에 비친 물조개들이 보석처럼 반짝인다. 갈매기들이 먹잇감을 물고 까악 소리친다. 작은 어촌마을의 아늑한 그림 같은 풍경이 멀어져만 간다.

폭염을 요리하다

　칠월의 찌는 듯한 불볕은 인내를 초월할 것 같다. 미국에서 딸이 아이들을 데리고 왔다. 미리 인터넷으로 예약한 2박 3일의 여행을 떠났다.

　남해대교를 지나서 바다를 끼고 달리고 또 달렸다. 남해 산모퉁이를 굽이굽이 돌아 3시간 30분의 여정 끝에 도착지인 마린피아 펜션의 간판이 보였다. 야자수 아래 조각해놓은 성모마리아가 아기 예수를 안고 조용히 웃고 있었다. 산꼭대기에 자리한 펜션은 동남아로 착각할 정도로 이국적이다. 야자나무 너머 푸른 바다가 끝없이 보였다. 멀리 고깃배가 통통거리며 지나갔다.

예쁘게 만든 풀장에서 손녀들이 물놀이하는 모습은 연못의 잉어들이 줄지어 노는 것 같다. 저녁에는 숯불구이로 즐겁게 저녁을 즐겼다. 어디를 가나 의식주가 필요하고, 먹는 것이 행복의 반을 차지하는 것 같다. 맛있게 먹는 딸, 며느리, 손녀를 바라보았다. 땀 흘리며 고기 굽는 남편의 모습이 행복해 보인다. 남편이 소금에 구운 새우를 먹으라고 건네주었다. 자연의 맛, 정말 맛있었다.

아침에 해돋이를 보려고 일찍 일어났다. 구름에 가려 해님이 보이지 않았다. 며칠 전 태풍이 지나간 흔적이 여기저기 보였다. 바닷가의 조용한 하루, 가끔 지나가는 자동차 소리만이 정적을 깬다.

식구들은 단잠을 자고 있다. 세수하고 얼굴을 보니 반백도 훨씬 넘은 할머니가 보인다. 인생무상人生無常의 삶이 얼굴에 그려져 있다. "당신은 언제 어디서 무엇을 하며 살았는지?" 거울이 바라보며 묻고 있는 것 같다. 가느다란 한숨이 흘러나온다. 남은 삶, 얼마나 유용하고 값지게 살 것인가?

야자수 그늘에서 이름 모를 새가 노래를 부르니 마음이 트인다. 밝은 햇살이 화사하게 얼굴을 내밀고 농로의 경운기 소리가 요란하게 울린다. 바다 가운데 수상 레저를 즐기는 사람이 하얀 거품을 안고 달리고 있었다.

이것이 피서인가. 그렇게도 무덥던 여름이 바닷물에 쓸려 흘러가는 것 같다. 한낮의 따가운 햇살도 바닷바람에 뒷걸음 친다. 오고 가는 거리는 힘들지만, 여름철에는 모두 휴가를 소원하는가 보다.

강한 햇살은 바닷바람에 날아가고 있었다. 아침에 전복죽을 먹고 손녀들과 술래잡기를 하였다. 저렇게 작은 아이일 때 나는 무엇을 하며 놀았을까. 6살쯤에는 할머니의 치맛자락을 잡고 술래잡기도 했다. 밀국수를 밀던 할머니가 크게 썬 밀가루 반죽 꽁지를 불에 구워 주었다. 배가 아프다고 칭얼대면 할머니는 평상 위에서 나의 배를 쓸어주셨다. "언년 배는 똥배, 할머니 손은 약손." 어느새 배 아픈 게 사라져 꿈나라로 달려갔다.

20분 거리에 있는 해수욕장에 갔다. 아직 개장이 안 되어 한적했다. 바다가 은모래같이 반짝이는 아담한 곳이다. 모래가 아기 살결 같다고 할까, 분결 같다고 하는 게 맞을 것 같다. 모래밭을 거닐며 신기한 조개와 밀려오는 소라, 전복까지 잡을 수 있었다. 파도에 부딪혀 떨어진 피조개들이 굴러다닌다. 바다는 며칠 전 태풍의 흔적으로 물살이 거칠다. 백사장에 나오니 많은 구멍 속에 작은 게들의 집이 있었다. 장난삼아 구멍을 파 보았더니 게가 꼬물꼬물 기어 나왔다.

유람선을 타려니 파도가 있어 출항하지 않았다. 아쉽게 바다를 바라보며 근처의 멸치덮밥이 유명한 횟집에서 덮밥과 자연 잡회를 맛있게 먹었다.

독일마을로 이동했다. 독일의 전통건축을 본떠서 지어 놓은 건물들이 즐비하다. 카페에 들러 독일맥주를 한잔하고 독일에 온 듯 창밖을 감상하였다.

근처에 폐교를 복구시킨 학습전시장으로 갔다. 손녀들에게 교육적으로 도움이 될 것 같다. 지난 어린 날의 모습들이 담겨있었다. 풍금과 난로에 데워먹던 양은도시락, 숫자를 세는 큰 주판알, 작은 나무 의자와 실내화. 삐뚤삐뚤 선생님을 그린 그림을 바라보면서 초등학교의 추억을 돌이켜 보았다. 초등학교 친구들도 보고 싶고 다니던 초등학교에도 가고 싶다.

다음 날은 어제 못 탄 유람선을 탔다. 구명조끼를 입고 배 위에 올라가니 겁이 났다. 선장은 겁먹은 우리 일행을 보며 안심시켰다. 남해대교를 바라보며 달렸다. 하얀 물살을 가르며 달리니 스릴 있었다.

이순신 장군의 남해대첩이 있었던 바다에서 장군의 넋이 우릴 바라보고 있을지도 모른다고 생각하며 그 자리를 빙빙 돌았다. 이순신 장군이 배 열두 척으로 많은 왜군을 무찌른 그 용감한 기상으로 오늘날 우리 한국이 자리하고 있지 않을까? 선장은 배로 원을 그리며 물밑으로 빠질 듯 회전의 기교를 보여주었다. 아찔한 곡예를 하는 기분이었다.

집으로 오는 걸음은 떠날 때의 그 즐거움이다.

길 위의 문학

울상인 하늘이다. 엄마에게 매 맞은 아이가 서럽게 우는 듯 뚝뚝 눈물 같은 빗방울이 떨어진다. 머리 위에 보이는 먹구름에 '장마가 오려나?' 하면서도 우산은 챙기지 않았다. 계속되는 가뭄에 시원한 비가 한줄기 내렸으면 하는 바람이다.

〈문학미디어〉 충북지회 여름 세미나에 가기 위해 지인과 승용차로 동행했다. 우리는 1박 2일의 여행길을 즐겁게 재촉하였다. 충북 청주에 도착하면서 오산 이정표가 보였다. 고향을 찾는다는 착각에 두근거리는 가슴을 쓸어내린다. 그먼 날들이 파노라마처럼 펼쳐진다.

초등 때 여름방학이 오면, 나는 엄마를 따라 오창읍 도암면 외갓집에 갔었다. 아늑한 시골 풍경이 참 좋았다. 버스가 신작로에 내려주면 들길을 따라 한참 꾸불꾸불 걸었다. 길가에 노란 줄참외들이 누워서 놀고 있었고, 또 건너편에는 수박들이 푸른 치마를 걸치고 뜨거운 태양 아래 물놀이하는 공처럼 굴러다녔다. 뛰어나오며 반기는 외할머니와 사촌오빠 소리에, 이 동네 저 동네 친척들이 경상도 사투리를 쓰는 나를 귀엽게 안아주었다.

'낯익은 거리인가?' 싶더니 골프장만 보이고 생소하다. 차 내비게이션을 보면서 천천히 운전해가다가 뒤차의 클랙슨 소리에 정신이 번쩍 들었다.

'여름 문학제 세미나' 참석을 위해 목적지인 '세종 스파벨'에 도착했다. 반기는 여러 작가님의 환한 웃음이 여름 박꽃같이 아름다웠다. 오랜만에 만난 선생님들의 충청도 말소리가 정겨웠고, 세미나의 강의는 유용하였다. 사람은 생을 다할 때까지 배워야 하는가 보다. 문학미디어에 입문한 지도, 어느덧 강산이 한 번 변했다. 이제는 많은 후배가 자리를 빛내고 있었다. 그동안 나에겐 많은 일이 지나갔다. 건강도 많이 좋아져 시인, 작가님들 얼굴들을 마주하니 반갑기 이를 데 없었다.

일행은 '산막의 옛길'을 찾았다. '산막'은 산으로 둘러싸여

막혀있다는 말이다. 외사리 사오랑 마을로 이어주는 '괴산 산막의 옛길'은 4km 길, 호수를 끼고 돌아가는 아름다운 풍경의 산책길이다. '괴산로 댐 바위 나루터'에서 '마을 나루터'까지 배로 갈 수도 있고 호수 옆의 산책로를 이용할 수도 있다. 우리 일행은 후자를 택하여 산책길을 걸었다. 나무 계단이어서 걷기가 수월했다. 오르막과 내리막은 인생의 삶을 말해주는 것 같다. 산막 굽이 돌아가는 등산로에 서 있는 이형기의 시비詩碑가 걸음을 멈추게 한다.

> "때가 언제인가를/ 분명히 알고 가는 이의/ 뒷모습은 얼마나 아름다운가./ 봄 한 철/ 격정을 인내한/ 나의 사랑이 지고 있다./ 분분한 낙화/ 결별이 이룩하는 축복에 싸여/ 지금은 가야 할 때/ 무성한 녹음과 그리고/ 머지않아 열매 맺는/ 가을을 향하여/ 나의 청춘은 꽃답게 죽는다./ 헤어지자/ 섬세한 손길을 흔들며/ 하롱하롱 꽃잎이 지는 어느 날./ 나의 사랑, 나의 결별/ 샘터에 물 고인 듯 성숙하는/ 내 영혼의 슬픈 눈." – 낙화(이형기)

소나무 사이 밧줄로 만든 다리 위를 사람들이 신기해하며 뒤뚱거리며 걷는 모습이 마치 예쁜 인형 같다. 산책길의 산딸기들이 목을 내밀며 데려가기를 기다리는 것 같아 손을 내

밀어 한 개 따 먹었는데, 단맛인지 떫은맛인지 분간이 안 간다. 줄지어 산행하는 지인들의 모습이 나무와 꽃의 행렬처럼 장미꽃, 백합, 수선화 등 울긋불긋 아름다운 꽃밭이다.

길옆에 서 있는 묵상들이 정답게 사람들을 반겼다. 산딸기처럼 빨갛게 달아오른 채 헉헉거리며 따라오는 일행들의 얼굴에 구슬땀이 송송 달렸다. 내려오면서 줄지어 선 상점의 주인은 손님을 부르고 있었다. 지인이 상점에서 생 칡즙을 사서 목마른 사람들에게 나눠 줬는데, 그 맛은 일품이었다.

'포석 조명희 문학관(민족·민중 문학 선구자)'을 관람했다.

> "우리는 보들레르가 될 수 될 수 없으며 타고르도 될 수 없다./ 우리는 우리여야 할 것이다/ 우리는 남의 것만 쓸데 없이 흉내 내지 말 것이다…"
>
> — 봄 잔디밭 위에 서문에서, 조명희

일제 식민지 시대 우리 문학 최초의 희곡집을 내기도 했던 그의 생애 기록을 보면서 애국자였던 그에게 다시금 감탄하였다. 그의 동상은 식민지 시대 지식인으로서 하늘을 우러러 고뇌하며 통탄의 삶을 그리고 있었다.

석장리 고대 철 생산 유적지가 있는 충북 진천의 '종 박물관'을 찾았다. 종 박물관 입구의 조형물은 멀리서 보아도 웅장하였다. 종 박물관은 전시 보존, 교육 등 그 가치를 인정받는 한국 종의 예술적 가치와 우수성을 보여주고 있었다. 한국을 대표하는 성덕대왕신종인 '봉덕사의 에밀레종(국보 29호)'은 우리나라 최대의 범종으로 종의 문양과 울림의 소리가 정교하고 아름답기로 유명하다.

2층에는 세계의 종들이 전시되어있었다. 실제 종을 쳐 보는 체험을 해 봤는데, 아름다운 음률이 은은하게 퍼져 나간다. 종 박물관의 다양한 전시물을 관람하며, 옛 우리 조상들의 지혜가 상상할 수 없었음을 느끼는 계기가 되었다. 일제 강점기를 거치면서 옛 조상이 주조한 그 종소리를 재현하는 맥이 끊겨 버린 현실을 바라보며, 약한 민족의 서러움에 답답한 가슴만 쓸어 담는다.

지인들과 이틀간의 여행을 마치고 돌아오는 고속도로는 양동이로 물을 퍼붓는 것 같은 착각이 들 만큼 소낙비가 거칠게 내리부었다. 자동차들 모두가 거북이 기어가듯 조심스럽게 달린다. 휴게소에 도착하니 운전하던 지인의 얼굴에 안도의 한숨이 새어 나온다. 그렇게도 내리기를 고대했던 비였지만, 너무 갑자기 내려버린 비에 수재민이 생길까도 걱정이다. 허허, 사람 사는 세상은 어디 가나 굽이굽이 도는 산행. 희로애락이 따르기 마련인가.

천관산에서

　천관산 연대봉이 우뚝 서서 내려다본다. 유월의 한낮 뙤약볕이 기다린 듯 사람들 머리에 내려앉는다. 꾸불거리며 받쳐주는 돌산길, 용의 몸을 밟고 가는 것같이 미끄럽다.

　울퉁불퉁 돌계단이 제멋대로 토라져 흐르는 냇물에 뛰어들 기세다. 산에서 내려오는 냇물은 땅 밑으로 몸을 숨기고 있다. 돌과 나무들 바람 소리에 귀 기울이고, 풀꽃들 나비와 벌에게 그들의 집을 빌려주고 있었다. 사람들 마음을 하나둘 모아서 세워진 돌탑은 구멍이 숭숭 뚫린 채 입을 벌리고 있었다. 바람이 지나가는 자리를 내어준 듯하다. 구름이 떠다니는 아랫돌에 들앉은 시어들, 시인의 자리에 사람들은 마음을 내려놓는다.

　시인의 동산에 둘러앉은 시어들이 무언가를 들려주는데 그들은 알지 못했는지, 자리가 불편하다고 팔자주름에 흐르는 땀을 닦고 있었다. 무성한 가시밭길을 밟고 밟아 만든 동산, 시인의 공원에 산책 나온 시어들은 자리를 펴고 담소를 나누는 것 같았다. 돌에 앉은 시어들이 돌 밖으로 나와 옆자리에 앉은 착각에 나는 잠시 이리저리 둘러보며 싱겁게 웃었다.

　세월을 돌이켜 보면, 천관산의 돌길처럼 힘들고 힘든 삶의 고비를 겪은 이가 어찌 나뿐일까. 그렇게 녹록지 않은 삶에서 '수필이 무엇인가?' 하면 무엇이라고 답할 수 있는 낱말들이 두서없이 떠오른다. 구상 시인님의 "너의 앉은 자리가 꽃자리"라는 시어가 천고산 중턱에서 어찌 내 마음을 이리 알아주는지.

　세월의 바퀴를 돌고 돌아 힘들 때도, 시원한 바람이 땀을 식혀줄 때도, 엄마의 마음은 자식들을 바라보며 힘든 줄 몰랐다. 자식들은 이제 그들의 아이들을 위해 열심히 살고 있다. 엄마가 그들을 지켜온 것처럼, 내 아들들도 인생의 마라톤을 도중에 하차하지 않도록 등을 밀어주며 기도하는 마음으로 살아가리라.

　깊어가는 가을 저녁 귀뚜라미 소리가 처량하게 나의 마음을 울린다.

3

바다가 보고 싶다

단비

하늘은 대지大地에 뜨거운 태양열을 사정없이 쏟아붓고 있다. 기다림의 끝이 보이는 듯, 하늘에 뇌성을 치더니 마른 나뭇가지에 단비를 뿌려준다. 메마른 논바닥은 물 마시기에 바쁘다. 제 몸의 상처는 스스로 치유하는지, 사과나무에 달린 아기 사과들이 파랗게 반짝인다.

지인은 언론인이다. 그의 성품은 온순하지만, 눈은 언제나 무엇을 갈망하듯 늘 불안한 모습이다. 속마음을 풀지 못해 술로 마음을 달래는 버릇이 있는 듯했다. 글로써 사람들을 이해시키고 사회에 보탬이 되는 봉사적인 언론인이 되었으면 하는 게 늘 나의 바람이었다.

언론이 이겨내야 할 문제가 바로 자본과 권력으로부터의 독립이다. 현재, 객관적인 언론을 기대하기에 무리가 있다. 권력의 영향 아래에서 언론은 주관성을 아예 배제할 수 없다. 객관성만을 따르는 것은 큰 모험이다. 그 틈바구니에서 어느 언론인인들 마음이 편할까 싶다. 마음에 안 들면 술로써 해결하려는 그의 모습이 일상화되었다.

　전날 모임에서 과음을 하였는지, 아침에 공식적인 자리에서 실수를 저질렀다. 감정에 치우쳐 지인의 멱살을 잡고 옥신각신하였다. 말리는 군인의 뺨을 때리고 총으로 위협하자 총을 빼앗았다. 순간적으로 그는 자제력을 잃고 말았다.

　그가 머무는 구치소에 면회를 갔다. LED 번호판 앞에서 내가 받은 번호가 깜빡이기를 기다리는 시간은 퍽 지루하다. 건너다보이는 구치소 안을 서성이는 그의 초라함이 어깨를 한 자나 줄여 놓았다. 짧은 면회 시간, 잘각거리며 쉬지 않고 흐르는 시간표에 면회 온 사람이나 받는 사람이나 불안하기는 매한가지다.

　지인은 자신의 경솔함을 후회하면서 눈물을 보였다. 술을 금기하겠다고 다짐하였다. 바로 눕지도 못하고 벽에 기대어 새우잠을 잤는지, 많이 초췌해 보였다. 옆 사람과 붙어 잘 수밖에 없는, 그야말로 감옥과 다름없다는 말을 들으니 더욱 가여운 마음이었다.

짧은 시간 동안 그는 가뭄으로 갈라진 논바닥같이 초췌해졌다. 짧든 길든 죄인의 몸이 되는 것은 이런 것이다, 라는 울림에 마음이 저린다. 가슴에 붙어있는 번호표를 멍하니 보는데 그는 천진한 어린아이같이 웃고 있다. 그 웃음이 소태같이 쓰다. 면회 시간이 끝나고 무거운 마음으로 발길을 되돌렸다.

비에 젖어 한쪽에 밀려나 웅크리고 앉아있는, 아스팔트 고인 물에 떠도는 먼지들이 나를 올려본다. 면회실 앞 '금연'이라 쓰여 있건 말건, 중년의 남자 둘은 절망에 일그러진 얼굴로 담배 연기를 내뿜으며 땅이 꺼질 듯 한숨을 쉰다. 아마 큰 죄를 지은 친지를 면회하고 나온 듯하다. 빠끔거리는 담배 연기가 한숨의 행로를 따라 저만치 달려가다가, 주인 곁을 떠나는 것이 못내 아쉽다는 듯 빙빙 돈다. 남자의 머리 위에 잠시 머물다 마침내 주름진 이마로 스며든다.

문을 나서는데 소낙비가 내린다. 기다리던 단비건만 빗줄기 사이로 지인의 얼굴이 오버랩되어 눈물과 섞여 줄줄 흘러내린다.

고추 모종

　종묘사 문 앞에는 작은 텃밭이 있다. 고추 가지 오이 등 여러 모종, 신생아 같다. 연록의 여린 식물들이 통 속에 앉아있는 다양한 모습들, 사람들을 바라보는 눈이 반짝이고 있다.

　그중 고추 두 그루, 잎이 누렇게 변해가고 여린 줄기가 땅 밑으로 넘어질 것 같았다. 그 고추 모종은 주인이 덤으로 주었다. 상추와 오이도 며칠 물을 주고 거름을 주었더니, 상추는 제법 잎이 자라 뽐내듯 앉아있고 털이 보송보송한 작은 오이 두 개가 대롱대롱 달려있다. 누렇던 고추는 고춧대를 세워서 다독였다. 잎은 생기를 보였고, 작은 고추 한 개가 달렸다. 기운을 차린 듯 보이는 고추, 아들 같았다.

　지난날, 오 개월 된 막내아들이 감기 증세를 보이고 고열이 계속되었다. 병원에서 검사하니 급성폐렴이었다. 숨 쉬기가 버거워 산소 호흡기를 달았다. 파리한 얼굴은 일주일이 지나도 차도가 없었다. 의사들은 자기들끼리 수군거리기만 하고, 아이는 두 개의 산소 호흡기를 달고도 숨을 헐떡였다. 어미는 구름을 타고 둥둥 떠다니는 듯 허우적거렸고, 혼이 나간 빈껍데기만 굴러가고 있었다.

며칠 뒤, 열이 내리고 숨을 제대로 쉬었다. 일반 병실로 옮겼다. 그러나 일주일이 지나니 또 고열이 나고, 입술이 파랗게 변했다. 아기의 병세가 더욱 심해지자 어미는 의술을 의심하면서도 의사 선생님께 애원했다.

"제발 내 아들을 살려주셔요."

엄마는 아기가 눈을 감는다면 같이 감고 싶었다. 간곡히 소생하기를 소원하였다.

비 온 뒤에 땅이 더 단단해진다더니, 아기는 삶과 죽음의 갈림길에서 잘도 버티어 주었다. 고춧잎이 생기를 되찾듯 아이는 산소 호흡기를 달지 않아도 숨을 쉬었다. 방긋방긋 웃기까지 하였다.

'아가야 고맙다, 살아주어서. 어미도 살았다.'

텃밭에는 고추 몇 개가 튼실하게 달렸다. 아들의 고추같이 사랑스럽다.

오르고 싶어서

사람들은 늘 위를 향해 달린다. 하늘을 바라보며 땅의 소중함을 잊을 때가 많다. 땅을 밟고 다니면서 의자에 앉기를 원하며, 차를 타고 다니고 비행기를 타기를 원한다.

의자에 올라앉는다는 것은 내려다본다는 것이다. 부모들은 자식들이 열심히 노력하여 대기업에 취업하고 판사와 의사, 공무원 되기를 소원한다. 노력해도 다 이룰 수는 없다. 사업하다 실패할 수도 있고, 몸이 약해 기대를 저버릴 수도 있다. 하늘을 원망하지만, 그것이 인생이고 삶이리라.

아들이 어릴 때는 영특했다. 중학교에 다닐 때는 전교에서 손꼽히는 수재라 착각하였다. 고등학교를 외지에 있는 명문학교로 보냈다. 하숙하면서 성적이 자꾸 떨어졌다. 부모가 옆에서 보듬어 주지 못하니 아이는 기가 죽고 힘들어 보였다. 명문 고등에 가면 서울에 있는 대학에 가고, 사회의 기둥이 되어 집안의 자랑이 될 줄 알았다.

혼자 서기가 얼마나 어려운 것인가. 내 자식이 최고라고 생각한 것은 착각과 욕심이었다. 매를 들기 전에 사랑을 주고 보듬어 줘야 했다. 텃밭의 잡초들 사이에서 얽히고설켜 바로 자라지 못했으리라. 자식이 잘되길 바라면서 너무 큰 기대를 하면 아이에게 부담되는 것을 미처 깨닫지 못했다. 마음대로 안 되는 게 자식 농사인데, 텃밭의 일 년 농사도 잘못되는 수가 많은데…….

큰 기대를 버리고 아이의 건강만을 바랐다. 지금은 성인이 되어 짝을 찾아 둥지를 만들고, 자신의 그릇에 맞게 충실히 잘 살고 있다. 누군가 "너무 잘나면 나라 사람이고, 두 번째는 처가 양자이고, 못난 아들이 효도 자식."이라 했다. 사람이 나면 그 사람의 정해진 그릇이 있는 것인가?

요즈음은 경제가 침체하여 직장을 잃은 노숙자가 늘고 있다. 그들도 한 시절에는 많은 꿈을 꾸었을 것이고 부모들의 희망이었으리라. 새벽 인력시장에서 순번을 기다리는 인부들의 초라한 모습이 애잔하다. 동이 트고 아침 인력시장이 끝나면, 순번에 밀려난 인부들은 축 처진 어깨를 하고 공원에 있는 무료급식소로 발길을 돌린다. 나뭇가지의 이름 모를 새들도 아침밥을 서로 많이 먹으려고 푸드덕 날아다니며 시끄럽게 지저귄다. 하늘의 구름도 제자리에 머물지 못하고 흘러가고 있다.

　작은 화분에 담긴 동양란을 지인이 보내왔다. 자주 물을 주고 거름을 많이 주었다. 얼마 지나자 노랗게 떡잎이 말라가고 있었다. 나중에 안 것이지만 동양란은 햇볕과 물을 적당히 줘야 한다고 했다. 자꾸 들여다보면서 사랑을 주었더니 꽃망울 터지는 작은 소리가 나듯 은은한 향기가 거실 가득하다.

차 한 잔의 여유

　10월의 마지막 날, 라디오에서 이용의 '잊혀진 계절' 노래가 흘러나와 가슴이 뭉클했다. 어느새 11월의 문이 활짝 열려 있다. 지인들과 모임을 가기 위해 서둘렀다. 만남을 약속한 것은 여름인데, 옷깃에 스며드는 찬바람이 등줄기에 스며든다.

　계절이 바뀌고, 오늘도 저물어간다. 오랜만에 만나 저녁을 맛나게 먹고도 헤어지기가 아쉽다. 지인들의 표정이 모두가 같아 보인다.

　"차 한잔하고 갑시다."

　지인 작가님의 말에 기다린 듯 반기는 얼굴들…. 찻집의 문

앞에는 '오빠 생각차 있어요'라는 글이 붙여져 있었다. 일행은 웃으면서 찻집에 들어선다. 올드미스 같은 주인이 반갑게 맞이했다.

"네~ 오빠 생각차도 있고요, 오빠 만남차도 있어요."

우리는 또 한바탕 웃었다.

어느 지인이 난센스 퀴즈를 내민다.

"커피+설탕은?"

"설탕 커피." "커피 설탕."

그녀는 생긋이 웃으며 답을 말했다.

"인생은 쓰지만, 커피같이 향기롭다."

답을 말해주는 그녀의 웃음에는 지나간 세월이 곱게 묻어 있었다. 삶에 대한 인생의 답은 모호하다.

지인들은 동화작가, 수필가, 시인으로 모두가 작가들이다. 글쓰기에 어려운 것은 한마음이었다. 한 지인은 수필을 쓰다가 동화가 더 재미있다고 책을 내고, 문학상도 받고, 다시 책을 내려고 교정 중이라 했다. 늦은 나이에 나이 차이 없이 서로가 작가님으로 존중하는 모습들이 아름답다. 수필을 유능하게 쓰는 지인은 시민의 눈이 되어, 시민기자로서 활동한다. 또한, 도서관에서 글쓰기 후배 양성에 늘 바쁘게 뛰어다니는 모습이 아름답다. 또 다른 지인은 마라톤 선수이면서

틈틈이 문학의 문안에서 활동 중이다. 의사, 간호사, 선생님, 사업을 하는 사장님들도 책을 사랑하고, 성별의 차이 없이 동인들의 모임에서 합평하고 토론도 한다.

다양한 사람들이 모여 문학에 이상을 높이고 또 자신의 인생을 돌아보며 어렵게 살아온 날들과 행복했던 날들을 수필 글쓰기에서 풀어내기도 한다. 제일 쉽게 접할 수 있는 수필을 많이 선호하다가 시, 동화, 소설 등을 하기도 한다. 모두가 책을 사랑하는 것은 같은 마음일 것이리라.

오늘 같은 차 한 잔의 여유는 커피같이 쓴맛과 단맛, 희로애락이 있는 삶의 맛이다. 만남의 저녁이 또 다른 아쉬움으로 남았다.

물소리의 신음

청명한 여름 하늘 사람들에게 정화된 공기를 불어주던 소나무숲이 언제부터인가 누렇게 변하더니 말라가고 있었다. 이 산 저 산 소나무만 골라 색이 누렇게 변하는 탄저병이 자꾸만 번져가고 있었다.

가까이 가서 등을 대고 있으니 나무의 몸속에서 가쁜 숨소리, 물소리의 신음까지 들리는 듯하다. 자꾸만 번져가는 그들만이 아는 병인가? 몸속에 벌레가 우글거리면서 물이 마르는 종양을 앓고 있는 것일까? 아무도 찾지 않는 밤중에는 더욱 큰 소리로 울고 있을 것이리라.

관리하는 사람들은 왜 진작 병을 잡지 못했는지? 안타까운 마음으로 바라보기만 할 뿐 나무의 몸속에 물소리가 마르면, 삶이 다한 것이 아닐까. 사람의 몸과 같이.

어머니는 건강검진을 한 번도 하지 않은 채 팔십 여생을 잘 사셨다. 조금 불편하시면 한의원을 찾아, 침이나 약을 보약이라 말씀하셨다. 안부 전화하면 자식들이 힘들어하지 않게 '늘 편안하다, 잘 지내고 있다'고 하시며 자식들 무탈하기를 소원하였다.

소화가 잘되지 않아 많은 고통을 느꼈을 것이다. 목에서 음식물을 받아주질 못했다. 나무로 말하면 물길이 막히는 지경이 되어서야 소식이 왔다, 위암 말기라고.

의사 선생님은 심각한 표정으로 우리를 원망하는 눈치다. 의술로 몸의 물길을 조금 틔울 수 있지만, 준비하라는 눈치다.

링거와 죽으로 연명하였다. 몸의 신음에 옆 환자들까지 힘든 밤을 보낸다고 요양사는 병실을 옮길 것을 권했다. 엄마는 1인실로 옮겨졌다. 병든 나무같이 몸의 물소리는 점점 희미해졌다. 몸의 소리는 덧셈도 뺄셈도 하질 않는다. 말라버린 몸의 소리, 삶이 병들어 말라 들어가는 소나무처럼 어머니의 몸은 점점 식어가고 있었다.

앞마당에 목련꽃이 젖무덤같이 쌓여있을 때, 껍데기만 남긴 채 바람 따라 봄비의 등에 업혀 그렇게 날아갔다.

엄마의 사랑은 봄이 되면 꽃비 되어서 뿌린다.

내리사랑

　붉은 치마폭에 싸인 석양이 산 중턱에서 내려본다. 하늘은 가을바람을 시원하게 안겨준다. 올여름 불볕더위는 나의 인내심을 저울질하는 것인가? 그 억척스럽게 달라붙던 더위도 가을이 오니 뒷걸음치고 있다. 낙동강 둑길 풀숲에 극성스럽게 귀뚜라미와 풀벌레 노랫소리가 드높다. 길섶에 줄지어있는 노랑 빨강 코스모스꽃이 활짝 웃으며 오가는 사람들에게 손짓한다.

　오늘은 서울의 A병원에 남편이 검진가는 날이다. 오전에 예약이 되었기에 지방에서 승용차를 타고 가니, 길냥이가 상냥하게 안내해주었다.

남편은 늘 건강하다고 건강검진도 받지 않았다. 어느 날 아침 산책을 갔다 오더니, 약간 어지럽고 한쪽이 기울어지는 기분이라면서 동네 병원을 찾았다. 혈압이 아주 높았다. 대구 K 병원에 예약하고 급하게 한방병원을 찾았다. 시어머님이 고혈압으로 고생하셨기에 마음이 급했다. 한의사는 뇌경색을 의심하면서 영상을 찍으니 검진한 대로였다. 병원에서 한방과 양방을 겸하여 며칠 치료를 받았다. 남편이 서울 큰 병원에서 재검을 받고 싶어 해서 예약 시간을 겨우 맞추었다.

담당 의사는 대구에서 가져간 영상을 참조하면서도, 여러 가지 재검사를 해야 한다고 입원부터 하라고 했다. 우리 일행은 12시에 입원하는 줄 알고 로비에서 웅크리고 앉아 소식 오기만 기다렸지만 시간이 훨씬 넘어도 소식이 없었다. 우리보다 더 위급한 환자가 있었기에 내일로 미루어졌다. 병원 근처에서 숙박하면서도 연락이 없으면 집으로 내려갈 예정이었다. 조금 쉬려니 입원 절차를 밟으라는 연락이 왔다.

배정받은 곳은 집중치료실이었다. 환자들의 신음과 검사하는 기계 소리에 없는 병도 덧붙을 것 같다. 혈압과 심전도 MRI 등 몇 가지 검사를 하고 내일은 다리에 호스를 부착해 머리까지 보는 영상검사를 할 것이라 했다.

아들한테 연락이 왔다. 9월 중순이 예정일인 며느리가 손자를 낳으러 병원에 간다고 했다. 위로 딸 둘을 낳고 세 번째 출산하는 아이는 태명도 꼭 '아!'라고 지었다. 아들이 갖고 싶은 바람이리라. 자기가 없는 것은 꼭 갖고 싶어 하는 것이 사람의 욕망이기도 하다.

남편은 환자를 두고 빨리 내려가라 했다. 내일 검사는 아주 힘들 것이라며 보호자가 환자 혼자 두고 간다니까 간호사가 눈을 동그랗게 뜨며 의아해했다. 남편을 뒤로하고 내려가는 발걸음은 아주 무거웠다. 오후 아홉시 넘은 시각에 비까지 내려 빨리 달릴 수 없는 고속도로에는 한 차선을 막고 공사까지 하고 있었다. 남편은 혼자서 집중치료실에서 일반 병동으로 옮겼다 했다.

내일이 추석이라 3일 입원하고 퇴원한다고 했지만 추석이 임박하여 집에 내려오는 대중교통 편의 표를 구하기 어려웠다. 남편은 며느리가 순산했는지, 손자는 누구를 닮았는지 궁금한 게 많다. 빨리 보고 싶은가 보다.

이것이 내리사랑인가.

지난여름 가슴의 더위를 빼내느라 색 바랜 노란 나뭇잎 하나가 바람 등에 업혀 방향도 없이 하늘로 날아간다.

엄마의 집

벚꽃 나무들이 새 옷을 짓고 있다. 앞집에도 그 옆집에도, 대들보가 나뭇가지를 받쳐주고 있다. 다닥다닥 붙은 지붕의 테라스가 곱게 분홍 꽃잎 모자를 쓰고, 흰 모자를 눌러 쓴 나무는 옮겨 다니는 바람 친구를 반갑게 맞이한다.

따뜻한 봄날에 지인의 결혼식장에 갔다. 웨딩마치에 맞춰 한 발 한 발 내딛는 신부의 걸음, 막 피어나는 목련 같다. 울타리가 된 부모들은 여린 다리 한쪽을 힘껏 꺾어 날려 보내는 마음에 가슴 아파하며, 꽃을 바라보는 눈에는 봄비가 젖어 있다. 딸을 장성시켜 보내는 부모 마음은 나이가 많아도 걱정되기는 매한가지다.

"구십 노인이 칠십 먹은 자식 걱정에 노심초사勞心焦思한다."는 옛말을 실감하는 봄날 예식장에서, 하늘나라에 가신 울 엄마 생각이 났다.

지난날 아들 청첩장을 들고 친정엄마에게 갔었다. 저녁 먹고 가라는 엄마의 간절한 손, 바쁘다는 핑계 아닌 핑계를 대고 나왔다. 내일 아들의 함 준비에 마음이 바쁘기도 했었다. 딸의 뒷모습을 바라보며 눈물 글썽이는 엄마에게 용돈을 조금 쥐여주고, 엄마는 뛰어가는 딸을 지켜보며 서 있었다. 비가 차 창문에 흩뿌려 엄마의 손 흔드는 모습이 희미하게 보였다.

그땐 이미 당신의 병이 아주 깊었다. 자식들에게는 늘 잘 있다는 밝은 목소리로 웃곤 하였다. 아들의 결혼식에 온 엄마의 얼굴이 수척했다.

아들을 결혼시킨 후 일주일 만에 동생에게 연락이 왔다. 엄마가 응급실에 입원했다고. 병원에 가니 위암 말기였다. 그동안 건강검진을 받지 않고 한의원을 찾아 임시처방을 받았고, 그렇게 돌아가실 날만 기다린 것 같았다. 지난날을 돌이켜 보면, 늘 나의 삶에만 충실했다. 내 아이들만 바라보며 바동거린 삶이었다. 많이 무심했다고 후회한들 엄마의 병세는 점점 나빠져 가고만 있었다.

새해를 겨우 넘기고 그해 봄이 찾아오기 전, 겨울의 찬바람에 마른 가지가 잎을 피우지 못한 계절에 엄마는 그렇게 땅으로 돌아가셨다.

그동안 효도 못 한 죄책감에 일 년은 마음고생을 많이 했다. 그래서인지 심장병이 더욱 악화하였다. 심장 이식수술로 엄마를 따라가려니, 더 살다 오라는 말씀인지 꽃샘바람에 까무러친 나는 다시 새 삶을 살고 있다.

엄마의 집에는 흰머리 같은 마른 풀잎이 바람을 막아주며 산새들과 나무들이 친구가 되어있다. 울 엄마 잘 지내는지 바람에게 물어보고 싶다.

추석 명절에

　가로수 사이에 은행나무 열매가 가을바람에 노랗게 익어
간다. 얼마 남지 않은 추석 한가위가 우릴 기다리고 있다. 안
산 조상들의 산소를 벌초하기 위해 친척들이 모였다. 남편과
아들은 서둘러 아침 일찍 예초기를 메고 달려갔다.

　명절이 가까우니 사람들의 발길이 바쁘다. 한가위에는 일
가친척이 모여서 차례를 지내고, 둘러앉아 차례상에 올릴 재
물을 준비하고, 오순도순 넉넉한 정을 나눈다. 자식들이 고
향길 오는 것이 힘들다고, 부모님이 서울로 가기도 한다.

　조상 산소를 찾는 성묘객 차량 행렬이 아름답다. 아침에
차례 지내고 아들 내외 앞세우고 남편과 같이 제물을 간단하

게 싸서 산소에 갔다. 아직도 어머니가 살아 계신 것 같은 생각인데, 좌판에 제물을 차리고 절을 올리니 새삼 여러 가지 생각에 착잡하다. 남편은 말없이 손수건을 내밀었다. 내려오는 길에 울긋불긋 코스모스가 가을바람에 일렁이다 허리를 굽히며 활짝 웃고 있다.

며칠이 지나니 제법 쌀쌀하다. 한낮에는 햇볕이 따끈히 내리쬐어 들에는 곡식이 누렇게 익어가는 소리가 들리는 듯하다. 올 추석은 일기가 조금 빨라 이제야 과일과 햇곡식이 노랗게 익어가는지 고개를 숙이고 있다.

아침 일찍 산책을 나섰다. 버들강아지 나풀거리고 개망초도 시원한지 고개를 반듯하게 세우며 반긴다. 개울가에 참새 떼들이 우르르 날아가고 짹짹거리는 새소리 아름답다.

어느새 가족을 만들었는지 어미 두루미가 귀여운 새끼 두 마리를 데리고 노닌다. 반가워 손짓을 하였더니 하늘 높이 날아간다. 어디서 따라왔는지 아빠 두루미가 뒤이어 날아간다.

풀벌레 소리에 귀 기울이며 산책길을 걸어갔다. 아침이슬이 마르지 않아 바짓가랑이에 풀물이 들어 축축하다. 등골에는 땀이 흐르는 물소리에 기분이 상쾌하다.

만남의 시간

   한 친구의 연락에 여고 동창들 몇 명이 졸업 후 사십여 년이 지난 추억을 안고 만났다. 여고 시절 까만 교복에 풀 먹여 다린 하얀 깃에 받쳐 든 그들의 얼굴은, 막 피어나는 수선화 장미 국화꽃이었다.

   친구들은 아이들 성장시켜 출가시켜도 무엇이 그리 바쁜지, 매달 만나기도 벅차 계절이 바뀔 때쯤 겨우 만나곤 했다. 만나면 먼 날의 계집아이로 되돌아가서 수다를 떨다가도, 금방 현실로 되돌아왔다. 시계를 보면서 손자 손녀 유치원 다녀오는 시간이라면서 서둘러 헤어지곤 했다.

   부산, 대구, 지방으로 뿔뿔이 흩어져서 사느라 역 광장이

집결지가 되었다. 몇 년이 지나니 회비 낸 것이 많이 모여 외국 여행을 가자는 친구가 있었지만, 서로의 날들이 맞질 않았다. 팔공산의 벚꽃 둘레길에서도, 부산 해운대의 바닷가에 앉아 수평선을 바라보면서도 지나온 삶의 이야기는 끝이 없었다. 친구들은 1박이라도 국내를 여행하자고 입을 모았다.

서울 1박 2일로 정했다. 여행 가는 날을 기다리는데, 어릴 때 설날을 기다리며 손가락을 꼽던 심정이었다. 하루 전에는 잠이 오질 않았다. 집결지가 대구라서 아침 일찍 서둘렀다. 동창들과 여행 가는데도 연인을 만나는 것처럼 마음이 들떴다.

그런데 아침부터 친구들의 편 가르기가 눈에 보였다. 이쪽에 가면 저쪽 친구 말하고 저쪽에 가면 또…. 추억의 여행길이 될 줄 알았는데, 친구들 간의 알력이 보이지 않게 있었던 것인가?

"내가 부지런히 걸으면 없던 길도 생기지만, 내가 걸음을 멈추면 있던 길도 없어진다." 삶의 지혜에서 본 듯한 말이 생각났다. 오랫동안 서로의 삶의 방식이 달랐기에 작은 마찰(자존심)이 생기고 있었다.

달리는 차창 밖을 바라보며 만감이 교차한다. 잠시 먼 날의 고교 2년 졸업 여행 때의 기억이 영화필름처럼 열리고 있었다. 집안 형편이 어려워 졸업여행을 접어야 했다. 풀이 죽어있는 나를 보고 집안 고모가 돈을 빌려주었다. 여행 준비는 가방에 세면도구와 옷가지 몇 개가 고작이었다. 여행 가는 내내 버스의 차창 밖을 바라보면서 계속 울었다. 그때는 부모님이 원망스러웠다. 언제나 육 남매의 맏이인 내가 희생하는 억울함이었다. 설악산 여행 기간 내내 비가 오락가락했다. 내 마음을 알아준 것일까. 억지로 다녀온 졸업여행은 추억보다는 서러운 마음의 여운을 기억에서 지울 수가 없었다. 그때 그 동무들과 칠순이 되어 여행한다니, 나는 한 달 내내 기다렸다. 기대가 크면 실망도 크다고 했던가.

　기다리던 서울에 도착했다. 중식을 먹고, 인사동 자유여행을 즐겼다. 대구 동성로보다 더 복잡했다. 신기한 것도 있고 여기저기 촌사람 시장 가는 것처럼, 서울 가게 사람들은 경상도 사투리로 말하는 시골 사람 서울 구경 온 줄 알고 있는 듯 물건을 팔려고 우리 일행을 번갈아 바라봤다. 우리 일행은 이것저것 만지면서 사소한 것 몇 가지를 사서 나왔다.

　고궁으로 출발했다. 경복궁과 창덕궁을 돌아보며 먼 날에 임금이 앉았던 용상을 바라보았다. 왕이 되기 위해 많은 사람을 죽인, 조선을 세운 이성계의 내력을 들었다. 녹음한 듯, 왕들의 발자취를 줄줄 외는 해설사의 설명에 나는 사극영화

보는 양 그 속에 빨려들었다. 유월의 한낮, 해설사도 더운지 연신 땀을 닦는다.

외국에서 여행 온 듯한 사람들은 왕의 대례복과 공주마마 옷 같은 한복을 입고 서툰 걸음을 뒤뚱거리며 궐내를 거닐고 있었다. 동남아에서 온 듯했다. 그들도 신기했으리라. 하늘의 태양은 사정을 두지 않고 열 폭탄을 던지고 있었다.

일행은 청와대 정문을 바라보며 청계천으로 향했다. 거리 곳곳에서 태극기 부대와 시위대를 볼 수 있었다. 얼마나 힘들까 가던 걸음을 멈추고 뒤돌아보았다.

청계천에 내려와서 발을 담그니 한층 시원했다. 맑게 흘러내리는 물에는 피라미 같은 작은 고기가 놀고 있었다. 저녁에는 남대문 앞 호텔에 투숙했다. 한 친구가 가톨릭 신자라서 명동성당에 따라나섰다.

돌아오는 길에 들른 야시장은 사람들이 많이 붐볐다. 관광객이 많이 찾아오는 듯 음식들을 난전에서 금방 만들어내고 있었다. 손님들이 영어로 말하니 상인은 곧잘 영어로 대답하곤 했다. 중국에 온 듯한 착각이 든다.

이튿날은 남산타워에 올라갔다. 타워 밑에 사랑의 열쇠가 아름답게 달려있었다. 매달아 놓은 사람들의 소원이 모두 이루어졌으면 하는 바람이다. 남산타워로 올라가는 엘리베이

터는 제트기같이 빨랐다. 타워 위에서 내려다보는 서울 시내
가 조그만 도형 같았다.

　1박 2일의 서울 여행, 타워를 올라갔다 내려오는 듯한 타
임머신에 담긴 여행의 필름을 오래 간직하련다.

바다가 보고 싶다

유월 중순까지는 더위가 견딜 만했다. 유럽의 무더위가 45
도에 달했다는 뉴스가 보도되었다. 현지 유럽인들이 힘들어
하는 모습이 남의 일 같지 않았다. 한국은 용케도 비켜 갔다.
칠월 중반이 되니 불볕의 무더위가 연일 계속되었고, 태풍
다나스까지 찾아왔다. 곳곳에 산사태에 물난리, 크고 작은
사고 소식이 날아다녔다. 비가 그치고 연일 불볕더위의 나날
이 계속되었다. 사람들은 피서지를 찾아 나섰다.

어미의 아픈 손가락인 맏딸은 20여 년 전에 출가하였다.
서울에서 직장을 다니는 줄 알았는데 언젠가 종적을 감추었
다. 나중에 알고 행자 생활하는 딸을 데려오려 했지만, 그의

고집을 꺾지 못했다. 행자 3년을 끝내고 승가대학에 입문했다. 남들은 한 집에 스님이 나면 삼대가 편안하다지만, 어미에겐 항상 아픈 손가락이었다.

운문사에서 졸업 논문에 대상을 받았다. 아무도 기대하지 않은 스님이었다. 늘 남보다 한 발짝 느리다고 어미는 닦달했다.

그런데 끈기는 누구도 따라갈 수가 없었다. 소같이 미련하지만, 거북이같이 쉬지 않고 완주하는 그런 인내를 가진 줄 몰랐다. 아무도 말없이 뒤에서 조용히, 한 예비스님이 밤잠을 아끼며 노력하는 줄 몰랐으리라. 운문사에서는 전례 없는 행사였다고 했다. 나는 절에서 꽃다발 하나 없이 상 받으러 오는 것에 눈물이 핑 돌았다.

스님은 사찰에서 누구를 천도하고 기도하는 것보다 자기 수행의 길이라는 목표가 있었다. 특수교육학을 편입해서 졸업하고, 더욱 연구에 연구를 거듭하여 박사 논문에 몰입했다. 대학원을 2년에서 늦어도 3년에 마칠 줄 알았는데, 논문 심사를 앞두고 건강에 적색 신호등이 걸려 일여 년 병마에 시달려야 했다. 쏟아내는 에너지보다 영양분이 턱없이 모자랐다. 그렇게 또 3년을 연구를 거듭하여 논문 과제에 통과했다.

다른 사람들은 박사 논문도 대행하고, 교정도 다른 사람에게 맡겨서 쉽게도 박사 되고 교수도 되던데. 답답한 마음은 아무도 알지 못할 것이다. 또 쓰러질까 봐 이번에는 며칠 스님댁에 머물렀다. 잔심부름이라도 해줄 요량이었다. 종심에서 어느 교수가 정말 고생했다고 조금만 참으라고 위로했다. 또 어느 지인은 스님 생각해서 박사 논문 접으라고 했더란다. 한 만큼의 보람이 따르지 않는다는 것이다. 나는 집으로 돌아오는 차 안에서, 스님한테 빨리 하라고 종용한 게 미안하고 안쓰러워서 엉엉 소리 내 실컷 울었다.

　박사학위수여식을 앞두고, 스님은 집으로 왔다. 바다나 강이 보고 싶다고 한숨을 쏟아냈다. 얼마나 힘들었을까. 바다라도 같이 가자고 했다. 손자 손녀와 같이 바다로 향했다. 포항에서 점심을 먹고, 장사해수욕장으로 향했다. 도착하니 5시 30분이 넘었다. 사람들은 자리를 거의 떠나고 바닷가는 한산했다. 바닷물은 어제저녁에 내린 소낙비의 영향인지, 샘물처럼 차가웠다. 철썩철썩 하얗게 부서지는 파도는 넘어가는 석양에 비쳐 금빛이 되었다 은빛으로 되돌아오곤 했다.

　스님은 조카들을 데리고 백사장 파도를 밟으면서 해가 가물거릴 때까지 걸으며 돌과 조개를 주워 아이들에게 나누어준다. 계면쩍게 웃으며 나에게도, "여기 온 기념으로 한 개

드릴게요." 내민다. 어릴 때 저 손녀만 할 때도 있었는데, 내가 언제 이렇게 익은 호박이 되었을까. 수평선의 파도를 바라보며 가슴을 털었다.

하얗게 부서지는 파도 속 모래알처럼 잠시 머물다 가는 삶은 모래알 같을 뿐이다. 수평선에 태양의 꼬리가 보이지 않을 때, 후~ 하며 가슴을 쓸어내리는 소리가 들리는 듯한 바다를 바라보았다. 석양에 붉게 물든 파도 소리를 들으며 집으로 향했다.

수심愁心의 깊이

    의술이 발달해 노인들에게 인공관절이 대세다. 길을 가다 바라보면 무거워 보이는 짐을 이고 지고 가면서 절뚝거리며 걷는 사람들 대다수가 노인들이다.

    젊은 사람들은 무거운 짐은 승용차에 싣고 오거나 새벽 배송이나 택배로 보낸다. 노인들은 이제까지 그렇게 살아왔다. 참는 것을 미덕으로 배워온 그들은 허리와 다리가 불편한 채로 농사를 지으며 뙤약볕에서 쪼그리고 앉아서 텃밭을 일구고 거두어서 자식들에게 먹일 생각에 힘든 것은 참고 또 참는다. 그것이 부모님의 마음일 것이다. 그러나 말년이 되어 얻는 것은 허리와 다리의 병, 치매다.

정형외과에서는 인공관절 수술하려는 사람들이 줄을 서고 있다. 더 심하면 요양원으로 가야 한다.

　여자는 다리도 허리도 불편하지만, 금방 죽지는 않을 거라 하면서 약을 먹으며 견디었다. 건강검진을 하니 심장에 문이 열렸다고 큰 병원으로 가서 정밀 검사하라고 권유했다. 병원에서는 심장판막 수술을 해야 한다고 했지만, 일 년을 약을 먹었다. 이제는 더 버틸 수가 없었다. 숨 쉬기가 힘들었다. 수술해야 했다. 아이들이 장성하면 이제는 좋은 일만 기다릴 줄 알았는데….

　의술 덕에 판막 이식을 받고 제2의 삶을 살아가는 것 같아서 주위의 사람들에게 모든 게 고맙고 고마웠다.

　그해 일 년은 병마와 힘 대결로 면역력이 약해져 많이 힘들었다. 여러 날, 여러 달, 몇 년이 지나니 노인이 되어가고 있었다.

　마음에 품은 희망과 의욕이 자꾸만 뒷걸음치고 있었다. 하던 일은 접어 두어야 했다. 참았던 다리가 버티는 데 한계가 왔다. 허리는 척추가 약해 수술 못 하고 인공관절 수술을 했다. 불안한 마음은 그만이 아니고 가족들의 얼굴에 그려진 수심이 보였다.

　그녀는 늘 긍정적인 삶을 애쓰며 살았기에 웃고 있었지만,

사는 게 무엇인가 회의를 느끼기도 했었다. 얼마를 더 살려고 바둥대는지를 자신에게 되묻곤 했다. 아무도 그의 마음을 알지 못했다. 수심의 파도가 밀물과 썰물같이 밀려왔다 밀려갔다. 펄 물에 빠지면 헤어나지 못할 것 같은 불안한 마음이다. 과연 시간이 얼마나 남았는지. 석양을 바라보며 행복해지려 애쓰며 걷고 있다.

마음속 수심의 깊이도 잴 수가 없는데, 다른 사람들의 마음을 어찌 알 수 있을까? 계절은 어김없이 찾아오고 있다. 들녘에는 곡식들이 익어가는 소리가 들리고 귀뚜라미는 10층 아파트 베란다에서도 가을의 소리를 목청 높여 노래한다.

강남에서 온 제비들

시내 옷가게 상점 빛 가리개 사이에 올해도 약속이나 한 것처럼, 작년에 찾아온 제비 두 마리가 다시 찾아왔다. 작년에 낳은 새끼 5마리는 독립을 시켰는지, 데리고 오지 않았다.

제비는 새집을 다시 짓기 시작하였다. 짚과 흙을 물어다 부지런히 집을 지었다. 가게주인은 저녁에도 빛 가리개를 접지 못하고 안전 사각지대에서 행여나 흙집이 떨어질까 봐 제비집 밑에다 합판을 고정해 주었다. 어느새 집이 다 되었는지 어미 새가 들앉아 짹짹거리며 나오질 않더니, 빨간 주둥이를 내밀고 있는 새끼에게 들락거리며 모이를 물어다 주고 있었다.

아빠 새는 건너편 지붕 사이에서 새집 쪽을 바라보며 다른 새의 접근을 경계하는 눈빛으로 바라보고 있었다. 사람이나 동물들, 새들까지도 새끼를 보호하려는 마음은 같은 것이리라.

2019년 여름은 무더위가 40도를 오르내리고 가뭄이 계속되었다. 한낮의 햇볕은 불볕이었다. 가게주인은 안타까운 마음으로 바라보면서 시원한 전원주택 처마를 찾기를 바랄 뿐이다. 새끼를 낳은 어미 새는 새끼를 위해 떠나지 못하는 것 같았다.

오랜만에 소낙비가 내렸던 날, 새끼와 어미 새는 보이지 않았다. 죽었는지 살았는지, 주위 사람들은 궁금해하면서도 살아 날아갔기를 마음 모았다.

일 년이 지나 봄이 왔다. 작년에 왔던 제비는 돌아오지 않았다. 좋은 전원주택을 찾았는지, 코로나19에 오지 못하였는지. 가게주인은 제비가 날아오는지 하늘을 바라보곤 죽지는 않았는지 궁금해하였다.

봄이 오면 삶을 위해 찾아오는 제비들…. 지난날 우리 한국 사람들도 미국, 유럽 등 다른 나라로 더 나은 삶을 위해 이주를 많이 했다. 하지만 말도 땅도 낯선 외국 땅에서 얼마나 힘들었을까. 식물들도 옮겨심으면, 뿌리가 자리 잡기까지 입이 누렇게 기절한 채 얼마간 인내의 시간을 겪는다. 잘 다독여 주면 생기를 되찾는다.

지금 전 세계가 코로나19로 몸살을 앓고 있다. 우리 한국 사람은 강한 민족이다. 일본 지배에서 벗어나 열심히 외화벌이로, 새마을 운동으로 빠르게 성장했다. 경제 위기에도 금 팔아 나라를 위기에서 건졌다. 대구에서 코로나19가 1차 전염되었지만 모든 국민이 마음을 모아서 이겨냈다. 2차는 외국에서 수도권에서 발병되었다.

강남에서 제비들이 바다 건너서 삶을 위해 찾아온 것처럼, 해외 유학 갔던 학생들이 고국으로 돌아오고 연고가 있는 외국인들도 속속 한국을 찾아왔다. 한 친지는 스페인사람과 결혼을 했고 영국에서 직장을 갖고 살고 있었다. 코로나19의 영향으로 재택근무가 시작되어 그들은 한국으로 왔다. 스페인 남자는 공항에 내리면서, "아! 이제는 살았구나." 안도의 숨을 내쉬었다고 했다. 외국에는 우리가 상상할 수 없을 만치 사람들이 죽어가고 있다고 했다.

그들은 마치 추운 겨울을 떠나 남쪽으로 찾아오는 제비들 같다. 미국 뉴욕에 사는 딸은 아이들 때문에, 한국에 오지 못하는데 사각지대에 집을 짓고 사는 제비들같이 안타까운 현실이다. 여러 가지 사정으로 한국으로 오지 못하는 형제자매들도 많을 것이다.

언제 끝날지 모르는 코로나19로 비말 전쟁 아닌 전쟁은 세계적으로 확산하여 비명의 아우성이 가을바람에 섞여 날아다니고 있다. 살기 위해, 사람들은 오늘도 뛰고 있다.

"다 잘될 거야."를 바람으로 조심조심 오늘도 내일도 힘든 일상을 걷고 있다.

코로나19의 계절

　2020년 2월부터 중국 우한에서 폐렴균이 조금씩 전염되기 시작하였다.

　삼월부터는 대구의 어느 교회에서 전염이 빠르게 전파되었다. 변종독감, 코로나19라는 빨간불이 켜졌다. 입으로 공기를 통해 전염되기에 많은 사람이 모이는 교회와 성당, 집회에서 많이 전염되었다. 더구나 양로원에 입원 중인 노인들은 면역력이 약하니 우한 폐렴에 걸리면 위험해서 죽음까지갈 수도 있는데, 코로나19는 침방울에 섞여서 연약한 노인에게 안기고 있다.

　대구·경북은 비상시국이고 특히 대구는 재난지역으로 지

정되었다. 매일 아침 뉴스에는 어느 곳에 몇 번 환자가 접촉했다느니, 어느 요양병원서 사망한 환자들 수가 얼마니, 하며 생방송 하는 모습이 너무 힘들어 보인다. 외출하다 돌아오면 손 씻기와 마스크 착용을 적극적으로 권장했기에 사람들은 이제 생활화되어가고 있다.

겨울을 어렵게 버티며 핀 벚꽃과 개나리들도 봐주는 이 없이 꽃 피우고는 쓸쓸히 내일을 기약하고 날아갔다. 5월부터 빨간 줄장미도 담벼락 끝을 꼭 잡으며 웃는지 우는 것인지, 피고 지고를 반복하며 마스크를 쓰고 다니는 사람들을 내려보고 있다.

마스크는 구매가 너무 힘들었고, 정부에서 시행하는 공적 마스크를 사려고 줄을 서 기다려도 일찍 품절되어 헛걸음할 때가 많았다. 수효가 모자랐던 것이고 발 빠른 사람들은 사재기하고 있었다. 학교에도 휴교령이 떨어지고, 수영장과 교육회관, 클럽 등 상점과 일부 식당들도 모두가 문을 닫았다.

병원에서도 전염된 환자가 다녀간 곳은 추적 조사하고 병원은 폐쇄 조치하였다. 마트도 사람들이 많은 곳은 무서웠다. 생활필수품은 한동안 새벽 배송을 시켰다.

대구에는 환자가 넘쳐서 병실이 역부족이었다. 의사와 간호사들도 감당하기 힘들어 쓰러질 지경이고, 의사와 간호사들도 많이 모자랐다. 다행히 다른 지역의 의사와 간호사들이 투철한 봉사심으로 대구로 달려왔다.

심각한 전시 상태인 것 같다. 아침에는 뉴스부터 보았다.

사람들 사이를 피해 다녀야 하는 계절, 이웃의 할머니는 서울에 사는 자식들이 아버지 기일에 집에 올라치면 코로나에 걸릴까 봐 오지 못하도록 했다. 부모 자식들 간에도 거리를 둘 지경이다. 지인들끼리도 만나면, 인사를 발 치기로 하는 아이러니한 광경이다.

3달이 지나니 대구지역은 피나는 노력으로 많이 완화되었다.

언제 끝날지 모르는 비말 폐렴으로 사람들끼리 만나지도 못하고 마스크가 일상화되고, 거리에는 마스크 패션이 가지각색이다.

봄은 지나가고 기다리지 않아도 계절은 어김없이 여름이 찾아왔다. 피서도 마음 놓고 갈 수 없는 현실이다. 설상가상으로 소낙비가 40여 일간 내리고 또 내렸다. 장맛비는 산사태에 홍수가 나도 코로나19를 떠내려 보내지 못하고 붙들고 있었다.

외국에서도 날아오고 깜깜이처럼 알 수 없는 공기 중에서도 날아다닌다. 미국, 유럽, 아시아 전 세계에서는 코로나19

로 세지 못할 정도로 사람들이 기하급수적으로 죽어 나가고 있다고 한다. 미국이나 유럽에는 시체를 보관할 데가 없어 냉동탑차도 모자랄 지경이란, 이해하지 못할 끔찍한 뉴스도 들려온다.

미국 뉴욕의 딸이 늘 걱정이다. 오지도, 가지도 못하는 심정 좌불안석이다. 마스크를 보내주고 카톡으로만 연락하다 영상통화로 얼굴을 보는 게 최선이다.

외국에서 다시 2차 유행으로 코로나19가 머리를 들고 있다. 언제 끝날지 모르는 코로나19가 우리 발목을 잡는다. 하지만 의료계 연구진들이 연구하여 코로나 백신이 50% 개발되었다는 반가운 소식이 있다. 연구하는 사람들의 힘든 노력의 결실이리라.

이른 시일에 마음 놓고 살 수 있는 날이 오기만을, 사람들 모두의 바람이다.

억새와 갈대

　가을바람이 시원하게 몸속을 샤워하듯 씻어내린다. 노랗게 익어가는 들녘에는 억새와 갈대가 올려보고 내려보며 보랏빛과 은빛이 아침 햇살에 반사되어 반짝인다. 긴 머리 너울너울 춤을 추며 오가는 사람들을 반긴다. 햇살을 올려다보았다. 구름은 신선처럼 앉아서 세상 구경을 하는 듯하다.

　구름이 구름 위에 살며시 올라 누워있었다. 연인 같다는 생각으로 구름을 바라보다 개울가에 쉬고 있는 지렁이를 밟아버렸다. 놀라서 내려보니 지렁이들의 사체가 즐비하게 늘어져 있었다. 왜일까? 그들도 살려고 나왔다가 누군가에 의해 넘어진 것일지도. 코로나19에 감염되어 순식간에 넘어진 노인정의 노인들 같았다.

2020년은 수난의 해인 것 같다. 사람들은 갑자기 불어닥친 태풍 같은 비말전염에 우왕좌왕하였다. 마스크 사기가 어려웠고, 정부에서 지급하는 마스크 물량도 모자라서 집에서 만들기도 하고 봉사단체에서도 만들어 보급했다.

어느 의사는 봉사하다 지쳐 감염되어 넘어졌다. 아직은 세상에 좋은 사람들이 많기에 우리가 잘 살고 있지 않을까.

산책로에는 사람들이 마스크를 쓰고 띄엄띄엄 거리 두기를 하며 걷고 있다. 그중에는 달리듯 뛰는 젊은 층의 사람들, 천천히 걷는 노인들, 모두가 건강을 위하는 마음이리라. 갈대가 반짝이며 보라색 꽃을 피우며 있었다. 갈대꽃이 고운 것을 새삼 처음 느꼈다.

자연은 쉬지 않고 시계에 발맞추며 걸어가고 있다. 어려운 시국에도 봄이 가고 여름인가 했더니 가을이 찾아왔다. 가을은 익어가는 소리를 곱게 흘려보내며 붉게 산천을 물들이고 있었다. 억새와 갈대가 긴 머리 바람결에 빗자루로 쓸어내듯, 코로나19를 종일 쓸고 바람에 날려 보내고 있다. 너울대는 갈대꽃을 오래 바라보았다.

4
여행의 추억

터키에 가다

터키로 떠났다. 건강이 회복되지 않았지만 남편을 의지하고 떠났다. 12시간 비행을 한 뒤 수도 앙카라에 도착했다. 이스탄불 마르마라 바다가 일행들을 반겼다.

지중해 국가인 터키는 여름은 건조하고 겨울은 저온 다습했다. 봄의 계절이었다. 터키는 7,500만 인구, 농업 국가이고 밀이 주식이다. 1453년 술탄 메메트 2세가 이곳을 점령하면서 오스만제국이 되었다. 보스포루스 해협의 남쪽 입구, 아시아와 유럽에 걸쳐있다.

지나가는 마을마다 세워져 있는 것은 모스크 이슬람 사원이었다. 거의 대다수가 이슬람교를 믿고 있고, 하루에 다섯 차례 기도가 있다고 했다. 기도시간을 빼면 사람들이 언제 일을 하는지 슬며시 걱정도 되었다. 마을을 지나고 있는데 마장의 노래(기도시간) 소리가 크게 들렸다.

터키는 유럽이 3%, 나머지는 아시아 서쪽 접경지역에 위치한다. 제1차 세계대전 때 독일 편에 참전하여 패배하였다. 1918~1923년까지 영국 프랑스 이탈리아 연합군에게 점령되었다. 케말 아타튀르크가 지도하는 혁명이 성공하여 1923년 터키 공화국을 설립하였고, 수도를 앙카라로 옮겼다. 1985년, 터키의 많은 유적지가 유네스코 세계유산으로 등재되었다.

트로이 알리바이에 도착하니 사진에서만 보던 목마가 눈앞에 서 있었다. 1,500년 전에 만든 것이라니…. 목마를 바라보며 하늘을 보니 파란 구름이 머리 위에 내려앉을 것 같다. 펄쩍 뛰어 구름 잡는 시늉도 해보았다. 하늘이 너무 맑고 아름다웠다. 2,000년 전 로마제국의 성벽과 건물이 무너진 채 벌거숭이로 버티고 있었다. 이천 년 전이라면 신라 지증왕 시대일까, 훨씬 전일지도. 혼자서 중얼거리며 일행을 따라 버스에 올랐다.

황소 산맥 타우르스를 지나 파묵칼레로 향했다. 사도 바울 로마 시대에 세운 에베소 성당 최초의 성지 터와 로마 시대의 유적지 폼페이를 보았다.

2,000년 전의 에베소 도시(유적지)는 비록 낡고 무너진 성터이지만 흔적은 웅장하고 대단했다. 당시 칭기즈칸은 10년 만에 전 세계를 통치했다. 그의 병법은 포위 작전으로, 기병 보병을 만들었다. 몽골군은 기동력으로 승마를 이용했고, 음식은 포를 만들어 먹었다.

터키의 3대 도시 이즈밀의 파묵칼레 온천에서 숙박을 했다. 저녁에는 야외온천에서 피로를 풀었다. 로마 시대에는 황제들이 온천을 즐겼다고 했다.

터키 남자들은 남성 전용 찻집에 모여 차를 마시는 풍습이 있고, 여자들은 집안일 밭일 등을 해야 했다. 이슬람교는 술을 금하는 풍습이 있어, 모이는 장소마다 술 대신 차를 마신다. 그리고 아내를 넷까지 얻을 수 있다 했다. 지금도 농촌에는 그 풍습이 자리하고 있다. 여인들의 삶이 얼마나 힘들었을지 짐작할 수 있었다. 남편은 부러워하는 눈치다.

터키의 초대 대통령 케말 아타튀르크는 1928년에 터키글자를 만들었다. 그전에는 아랍어를 사용했고 소리 나는 대로 썼다. 우리도 한글이 있기 전에는 중국에서 온 한자를 사용했지 않았는가. 세종대왕이 훈민정음이라는 글을 만들어 오늘에 이른 것이다. 도시에는 대통령 아타튀르크의 동상이 크게 세워져 있었고, 국민 모두가 동상 앞에 묵념한다고 했다.

이탈리아 동쪽 카파도키아로 갔다. 오렌지나무가 가로수로 서 있다. 넓은 농장에는 올리브나무와 오렌지나무가 많았다. 콘야(이고니움) 초원의 밀밭은 끝이 보이질 않았다.

만년설, 카파도키아는 버스로 9시간을 가야 했다. 우리가 탄 버스에는 멀미하는 사람이 없었다. 버스 기사 아저씨가 운전을 천천히 잘해주었다. 카파도키아는 고원 지대로서 포도밭이 많고, 감자가 많이 생산되었다. 동양과 서양을 잇는 비단길은 당나라 장안에서 시작되는 실크로드의 종점, 서양이 만나는 비단길의 종착지는 이스탄불이다.

버섯처럼 머리가 둥근 산에는 구멍이 많이 나 있었다. 마치 스머프가 사는 마을 같기도 하고 외계인이 사는 마을 같기도 하다. 313년 전 로마교황이 기독교를 박해할 때, 유대인은 지하 동굴에 숨어 살았다. 바위 동굴을 파서 교회도 짓고 집도 지으며 살았다. 그곳 산에서 인위적으로 동굴을 파 그들의 종교를 숭배했으리라. 동굴호텔에 들어가니 어두컴컴하고, 전쟁이 나서 피신한 기분이었다. 밤에도 잠이 잘 오질 않았다.

카파도키아 시골길 어둠을 헤치고 열기구 타는 곳에 도착했다. 우리를 태울 열기구는 가스를 태워 더운 공기로 띄운다. 이미 이곳저곳에서 열기구가 날고 있었다. 하늘 높이 올라 발아래 특이한 카파도키아의 모습을 볼 수 있었다. 수많은 열기구가 떠 있는 것도 장관이었다. 몇 분 안 된 것 같은데 벌써 하강하고 있었다. 한 시간이나 지난 것이다. 모두 아쉬워하며 열기구에서 내리는데, 내 눈에는 높아 보였다. 내리지 못하고 있을 때, 건장하고 키가 큰 터키 청년이 짐짝 내리듯 나를 번쩍 들어 내려주었다. 착륙 후 무사히 마쳤다는 축하 샴페인을 터뜨렸다. 날씨가 안 좋으면, 특히 바람이 많이 불면 운행할 수 없다고 했다.

괴레메에 도착해서 유명한 항아리 케밥을 먹었다. 일본은 초밥, 이탈리아는 피자, 스웨덴은 양고기, 터키는 항아리 케밥이 대표 음식이다. 케밥을 푸짐하게 잘 먹었다.

그 지방에는 소금호수가 많이 자리하고 있었다. 우리나라는 소금이 바다에서 나지만, 그 나라는 호수에서 소금이 난다. 사해보다 염도가 높고, 식용할 수 있다.

터키의 수도 앙카라에 도착했다. 행정수도 이스탄불에 비해 화려하지는 않지만, 정치·경제·교통의 중심지로서, 국회의사당 정부기관 외국공관 대학이 몰려있었다.

앙카라에는 한국공원도 있었다. 우리나라에도 서울 여의도에 앙카라공원이 있다. 박정희 대통령 때 만들었다 한다. 앙카라는 6.25 당시 지원병을 15,000명이나 보내 많은 도움을 주었다. 그리고 마지막까지 남아서 우리나라를 지켰다. 그들은 우리나라를 형제국이라 말한다. 아직도 터키의 노인들은 우리 한국인을 보고 반가워한다. 한 터키 신문기자는 아버지에게 참전 때의 추억담을 들으며 자랐다. "한국은 우리와 형제국이다."라고 했던 노병의 아들이 한국에 와서 터키를 아느냐고 물었는데 우리나라 사람 중 아무도 답하지 못했다. 그 누구도 터키인을 알아보지 못한 것이다. 터키에 돌아온 기자는 신문 사회면에 "이제 한국을 짝사랑하지 맙시다."라는 기사를 크게 실었다고 한다. 정말 부끄러운 일이다.

앙카라에서 이스탄불로 향했다. 지나가는 거리에는 현대자동차가 많이 보였다. 현대는 1945년부터 수출을 시작했다.

1999년, 이즈만 지진 폭파가 있었다. 대형 참사였다. 그때 우리나라도 지진 복구 봉사에 참여하였다.

마르마라를 끼고 있는 흑해가 보였다. 흑해는 단풍잎 홍차가 유명한 고장이었다. 흑해성 기후로 여름에는 비가 많이 오고 가을에는 단풍이 물들고, 겨울에는 눈이 오는 고장이다. 우리나라와 기후가 비슷했다.

이스탄불에 도착하여 유람선을 타고, 반시계방향으로 아시아를 돌았다. 한 시간 정도 소요되었다. 이스탄불은 모스크 등 찬란한 동·서양의 문화유산이 살아 숨 쉬고 있다. 수많은 여행자의 경유지이고, 유럽과 아시아를 동시에 드나드는 도시이다. 마르마라 동쪽 로마 시대의 제국을 상상의 날개를 펴고 날아보았다.

골든 바다 다리를 건너 구 유럽으로 이동했다. 2대 이슬람 사원인 아흐메드 사원(블루모스크), 술레이만 사원과 예니 성당, 아야소피아 성당(현재는 박물관으로 불린다) 입구에서는 머리에 수건을 쓰고 입장해야 했다. 들어가니 신도들이 군데군데 앉아서 기도하고 있었다. 저절로 고개가 숙어졌다. 1,500년 전에 세웠다는 이 성당에는 성스러운 마리아와 예수님의 그림이 벽에 그려져 있었고, 네 개의 웅장한 사각 돌기둥에 여러 가지 그림과 보석들이 그대로 보존되어 있었다.

피에르 로티(프랑스 시인 작가, 장교)의 슬픈 사랑 이야기가 담긴 카페에 갔다. 녹차를 마시면서 어디엔가 그들의 사랑의 흔적이 남겨져 있을 거라 생각하며 주위를 두리번거렸다.

내일이면 한국에 간다는 설렘이 앞선다. 하지만 터키의 기자가 실망하여 쓴 기사가 여행 내내 마음에 걸렸다. 우리나라가 선진국 대열에 우뚝 섰지만, 은혜를 저버리는 국민이 되지 않았음 하는 바람이다.

북미 여행길

　6월 초에 뉴욕에 사는 딸네 집에 갔다.

　뉴욕의 브루클린. 깨끗한 공원, 산책길, 이제까지 맡지 못한 이국의 소나무 향이 콧등을 친다. 부리가 긴 딱따구리 닮은 새가 나무 속을 쪼아댄다. 다람쥐가 줄타기하고 있고, 우리를 반갑게 맞이하는 빨간 작은 새들의 아름다운 노랫소리가 나를 돌아보게 한다. 청청하게 쭉 뻗은 키 큰 나무들의 신선한 향기가 산책 온 사람들의 머리를 맑게 해 주었다.

　딸과 손녀까지 삼대의 여행이 시작되었다. 뉴욕에서 6시간 비행을 했다. 네바다주, 라스베이거스에 가서 후버댐을 구경하고, 그랜드 캐니언도 다녀왔다. 호텔은 궁전같이 좋았다. 2일을 쉬고 다시 길을 떠났다. 모하비사막을 지나 요세미티 산맥으로 7시간가량 이동했다.

황량한 죽음의 계곡에 잠시 내려 절벽을 바라보았다. 몇백 년이 지났는지, 말로 형용할 수 없는 사막의 계곡, 가도 가도 끝없는 사막, 49도에 달하는 태양의 과열한 열기. 말라 보이는 작대기 같은 작은 선인장들이 총을 잡은 군인처럼 서 있다. 비장한 생명의 사투가 군데군데 보였다. 모래바람이 연기처럼 하늘로 회오리에 말려가곤 했다.

산맥의 절경을 눈에 담으며 또 달렸다. 건조한 모래언덕의 구불구불한 길, 사람이 살 수 없는 곳. 그래서 죽음의 계곡이라 했으리라. 요세미티 산맥으로 들어서니 푸른 나무들이 죽죽 하늘을 바라본다. 동네도 드문드문 보인다. 데스밸리 해수면에서 440km 내려가서 다시 올라갔다. 가슴이 확 트인다. 하늘에 떠다니는 맑은 구름이 우리 일행의 꽁무니를 열심히 따라온다.

산맥 꼭대기에 하얀 눈이 보인다. 사막을 지날 때 바짝 마른 나의 입에도 침이 고인다. 캘리포니아주에 들어섰다. 세코야 산맥이 보였다. 마을을 지나니 선선한 바람이 불어온다. 공기 차이가 다르다. 가을바람이 불어오는 것 같다.

조금 지나니 우박과 비가 퍼붓는다. 시커먼 구름이 지나고 푸른 구름이 우릴 반긴다. 산맥의 산장에 가까이 들어섰다. 근처에 소금 호수가 있었다. 호숫가 돌섬 바위들이 하얗게 변해있었다. 모노호수 소금물에는 빨간 새우들이 살고 있고 새들이 먹잇감을 찾기 위해 호수에 몰려들고 있었다.

라스베이거스로

　뉴욕 브루클린에서 라스베이거스로 출발하였다. 비행기로 6시간, 현지 시각으로 새벽 1시였다. 호텔에 오니 2시가 넘었다. 모두 피곤해 짐도 풀지 않고 밤을 지냈다.

　캘리포니아 큰 산불의 영향을 받아 라스베이거스는 이상 기온이 나타났다. 기온이 45도를 넘는 뜨거운 불빛이다. 거리에는 온통 높은 빌딩, 호텔 안은 번쩍이는 네온사인에 여러 종류의 도박이 사람들을 유혹한다. 호텔 안 큰 수영장이 더위를 식혀주었고 서핑 애호가를 위한 찜질방과 다양한 볼거리가 많았다.

　하루를 쉬고 네바다주 후버댐을 탐방했다. 건축가 후버가

설계하고 5년에 걸쳐 1930년에 완공했다. 사막의 밑층 돌무더기를 개발한 60층 지하로 내려갔다. 냉장고 안에 온 것 같다. 입이 딱 벌어졌다. 큰 파이프가 물을 끌어 올려 캘리포니아와 네바다주에 식수를 공급한다. 깊은 낭떠러지 밑을 바라보니 현기증이 난다.

1930년이면 우리나라는 일본의 속국이었고 독립투사들이 한국과 중국을 오가며 한 많은 일이 일어났을 때이다. 건축가 후버의 동상을 다시금 바라보았다.

모하비사막을 지나 그랜드 캐니언, 인디언들의 삶의 흔적을 탐방했다. 협곡의 거대한 바위층이 긴 세월에 쌓여 독수리 형태를 하고 있다. 지난날 인디언의 울부짖음이 눈에 보이는 듯하다. 인디언 추장이 말을 타고 활을 겨누며 달리던 사냥터이었으리라.

뜨거운 열기가 나를 시험하는 것 같다. 인디언들의 힘든 삶은 상상이 안 되었다. 풀도 사막에서 잘 살지 못하는데, 사냥해서 그들의 삶을 살았다니 동화 속의 이야기 같았다. 나는 계속 생수를 마시며 이국 인디언의 땅에 온 것을 실감했다. 흐르는 땀을 연신 닦았다.

캘리포니아 산맥에서

캘리포니아 '오스트리아 호프' 산장에서 짐을 풀었다. 산맥에 하얀 눈이 쌓여있었다. 여름이 지나 가을을 맞이한 것 같다. 추위를 조금 느꼈다. 올해는 이상기온이라서 덜 추운 것이라면서 딸과 손녀들은 파카를 입었다. 오늘은 나의 생일이라 카페 식당에서 저녁 식사를 했다. 만찬을 즐겼지만 어쩐지 된장국과 김치가 생각났다.

다음 날 아침, 남편과 산책에 나섰다. 길가에는 붉은 작대기가 꽂혀있었다. 산맥에는 가을부터 눈이 많이 내린다더니, 줄눈이 그려져 있어 눈의 높이를 측정하는 것이라 짐작되었다.

깊은 산중이라 짐승들이 자주 내려온다고 산장 주인이 주의를 주었다. 스키 장비들이 여기저기 많이 놓여있었다. 상상으로 그려보았다. 스키를 타고 산맥을 내려오면 얼마나 큰 전율이 있을까. 남편도 가을에 다시 와서 케이블카와 스키를 타보고 싶다며 하늘을 바라본다. 올 때는 죽음의 산맥을 지나왔지만 내려갈 때는 캘리포니아의 경치를 즐길 예정이다.

국립공원에 들어서니 경치가 장관이다. 감탄하면서 중간에 멈춰 쉬었다. 멀리서 보던 하얀 눈이 쌓여있다. 손녀와 남편이 달려가서 눈싸움을 시작했다. 눈을 뭉쳐 차기도 하고 던지기도 하고 즐거워했다. 나도 눈 위를 조심히 걸으며 실감했다.

울창한 소나무들이 서 있는 숲에서 삼림욕을 하고, 경치 좋은 바위에 앉아서 샌드위치를 먹었다. 가슴을 내밀며 가파른 절벽의 절경을 구경했다. 다시 찾지 못할 여행의 즐거움을 마음껏 누렸다. 이번에 여행하면서 사계절을 눈으로 실감했다.

산맥을 지나 LA로 내려가면서 한국 뉴스에서나 보던 미국의 캘리포니아 산불이 난 자리를 지나갔다. 새카맣게 탄 나무가 비석처럼 서 있고, 나무 시체가 주저앉아 있다. 그중에도 살아남은 나무가 그들을 다독여 주는 것 같다. 한국에만 불볕더위가 온 것이 아니고, 지난여름은 전 세계적으로 이상

기온의 영향을 받았다. 가뭄과 불볕더위의 연속이었다.

햇볕은 따가웠지만, 그늘은 시원한 가을이다. 긴 터널을 지나니 또다시 절경이 나타나 피곤을 잠시 잊게 한다. 산맥의 절경은 말로 형용할 수 없을 만큼 아름답다. 밑으로 내려올수록 더운 바람이 불었다. 그나마 계곡이 나무를 식혀주었다. 얕은 계곡에는 낚시꾼도 있었다. 강아지가 물에서 물장구를 치며 좋아하는 모습도 보인다.

계곡에는 암벽 등반하는 사람들이 보였다. 나뭇잎이 군데군데 목말라 시들하다. 가뭄과 화재의 영향을 받았으리라. 그중에 길가에 버티고 있는 측백나무는 몇백 년 될 듯한데, 건장한 청년처럼 잘 자랐다. 사람도 식물도 정성을 들이고 사랑을 주면 잘 자라겠지.

캘리포니아는 올리브나무가 많이 있었다. 포도나무도 많아서 포도주가 유명하다. 크기가 뉴욕의 3배라니까 우리나라 남북을 합쳐도 6~7배라고 추측했다. 고속도로에 올라서 LA로 달렸다. 가도 가도 끝없는 들녘에는 오렌지와 포도, 올리브나무, 옥수수가 펼쳐져 있었다.

달리는 차 안에서 쌓였던 피로가 머릿속을 파고든다. 어서 LA 호텔에 도착해 쉬고 싶은 마음뿐이다.

메인주의 추억

　6월 초에서 8월까지, 미국 뉴욕의 딸네 집에서 이상기온으로 인한 폭염의 여름을 지내고 왔다.

　아침 일찍 딸은 간식까지 싸주면서 남편과 나를 예약한 골프장에 보내주었다. 골프장은 한국처럼 까다롭지도 않았고, 시니어들은 주중에 저렴하게 운동할 수 있다. 주중에는 노인들이 대부분이고 탁구처럼 편하게 생각했다. 남편과 내가 가면 외국 사람 둘과 2인1조로 맞추어 주었다.

　나는 작은 골프공에 번번이 실망했다.

　"당신은 만년 초보야."

　남편은 핀잔을 주면서도 거리 측정을 해주고 방향도 잡

아주었다. 어떤 날은 공이 안쓰러웠던지 생각 외로 잘 굴러갔다.

"당신 오늘은 잘 치는데, 그렇게 치면 되는데."

남편의 말에 나도 덩달아 기분이 좋았다.

아침 일찍 동네 한 바퀴를 산책했다. 남편이 차를 몰고 갈 경우에는 여러 집을 구경하였다. 어느 집은 말끔히 잔디를 잘 가꾸어 깨끗했고, 어떤 집은 사람이 살지 않는 폐가처럼 버려져 있었다. 담장이 있는 집도 더러 있었지만, 대부분 담장 없이 앞마당에는 잔디가 있고 더 넓은 집에는 예쁜 화원도 가꾸어져 있다.

길모퉁이에 자리한 조금 넓어 보이는 집 앞마당에는 우리 한국 사람처럼 오이와 토마토 호박 가지 고추와 상추 등 농작물을 키우고 있었다. 그 집은 우리가 산책할 때마다 사람이 나와서 나무에 물을 주고 가꾸고 있었다. 남편은 한국 사람이라도 만난 것처럼 반가워하면서, 서툰 영어로 인사하였다. 그 사람은 생김새도 동양 사람이었다. 오이를 물이라 했고 띄엄띄엄 한국말을 하였다. 우즈베리에서 20년 전에 이민 왔다고 했다.

조상이 한국 사람이었으리라 짐작했다.

코네티컷주에서 하루 쉬고, 4시간을 더 가서 미 동부 매사

추세츠주를 거쳐 메인주 해변의 예약한 오두막집 콘도에 도착했다. 마운트 데저트 섬에 있는 아카디아 해상국립공원을 여행할 예정이다. 미국에서 제일 작은 섬 메인주, 바닷가를 연결한 도시의 해변으로 이동했다.

펜션에 짐을 풀고 대서양 바다로 나왔다. 석양의 바닷가로 파도에 밀려왔다 달려가는 모습을 보았다. 작은 조개껍데기가 반짝이며 춤을 추고 있는 것 같았다.

바닷가에 모닥불을 피워놓고 외국 사람들과 그동안 다녔던 여행을 공유하였다. 우리도 내일의 여행을 의논하면서 감명받았던 여행지를 회상하며 밤 깊은 줄 모르고 이야기꽃을 피웠다. 모닥불의 장작 타는 소리가 고요한 밤하늘에 정적을 깬다. 붉게 자기 몸을 태우면서 우리 몸을 따뜻하게 데워주었다. 마침 음력 보름인지, 하늘에는 환하게 비추는 보름달까지 마주 앉아 우리 이야기를 귀담아듣는 것 같았다. 바닷물도 신이 난 듯 철썩철썩, 모닥불 소리에 장단을 맞추는 것 같다.

새벽에 물이 빠진 바닷가에서 남편은 양동이에 조개와 바닷가재를 가득 건져왔다. 큰 가재는 돌 밑에 숨어 눈을 부라리며 집게발을 내밀고 있어, 무서워 그냥 두고 왔단다. 망만 있으면 잡을 텐데, 하며 아쉬운 얼굴이다. 손녀는 작은 가재가 불쌍하다고 바다에 보내주라고 발을 동동 굴린다. 아침은 잡아 온 해물로 국물을 내어 라면을 끓여 먹었다. 맛있는 국물 맛은 다시는 못 먹을 것 같은 맛이었다.

우리 일행은 아카디아 해상국립공원으로 향했다. 메인주는 사면이 바다이고 작은 섬들이 다리로 연결되어 있어 남해와 비슷했다. 같은 다리가 여러 군데 있었다. 부산과 거제도를 연결하는 도로가 바다 깊숙이 놓여있는 것과 비슷하게, 섬과 섬 사이 바다 밑으로 아주 깊게 도로가 나 있었다.

공원에 들어섰다. 경치는 말로 형용할 수 없이 바다와 하늘과 산, 구름 사이를 다니는 기분이었다. 산 위에는 예전 교통수단이었던 말이 다니는 길이 있었다. 우리들은 마차를 타고 산을 한 바퀴 돌았다. 해설사가 이곳의 전설을 이야기했다. 남편과 나는 알아들을 수 없지만, 외국인과 딸, 손녀는 고개를 끄떡이며 감탄하였다. 손녀는 말똥 내음에 코를 막고 있으면서 나를 보며 웃고 있었다.

산에는 야생 블루베리가 지천으로 깔려있었다. 공원 일대는 블루베리가 제일 많이 생산되는 곳이기도 했다. 마차를 잠시 세웠다. 해설사의 말에 의하면 그 공원은 어느 귀족이 나라에 기부한 것이라 한다. 그는 섬의 여행객이 급증하자 자비로 일주도로를 깔고 섬 안으로는 차량을 통제했다. 대신

마찻길을 만들어 자연을 훼손하지 않고 즐기도록 한 것이다. 아직도 이곳 별장에는 귀족의 자손들이 살고 있다 했다. 영화에서만 보던 고가의 큰 집들이 군데군데 보였다. 해상공원을 내려오며 보이는 굽이굽이 병풍처럼 펼쳐진 바다와 산의 풍경은 이색적이었다.

저녁을 먹으러 식당으로 갔다. 볼거리가 많았다. 벽에 걸린 유명 배우와 고대 명인들의 사진, 외국 어느 영화에서 본 듯한 샹들리에. 그 식당은 양주 카페의 분위기를 띤 소문난 식당이었다. 해변 도시이기에 해물 요리와 바닷가재가 특이하게 요리되어 나왔다.

저녁때는 바다 펜션에서 모닥불을 피워놓고 내일을 의논하며 철썩대는 바닷소리를 노랫소리로 들었다. 한국은 이상 기온이라서 무더위가 계속된다고 아들이 안부차 전화를 했다. 우리는 바다 펜션에서 시원하게 지내는데 미안한 마음이다.

가재가 맛있다고 얘기했더니, 딸은 가재를 제자리에서 삶아주는 데로 안내했다. 팔뚝만 한 가재를 보고 남편은 팔을 걷어 올리며 맛있게 먹었다. 우리 인생에서 먹는 즐거움이 반이 된다는 것을…. 후식은 블루베리 피자가 나왔다. 글을 쓰면서도 그 피자 맛이 생각나 침이 목젖을 적신다. 피자 중간에 작은 포도알 같은 큰 블루베리가 톡톡 터지며 입안을 호강시켜 주었다.

아침에 맨발로 물 빠진 바닷가를 거닐었다. 예쁜 조개껍데기도 줍고 수평선을 바라보면서 즐겼다.

주말이 지나 9일을 여행하고 딸네 집에 돌아왔다. 미국은 몇 번 갔지만 이번처럼 긴 여행지를 고루 다녀보긴 처음이다. 어딜 가나 사람 사는 것은 똑같다. 딸은 엄마의 몫을 아끼지 않고 열심히 산다. 미국에서는 신 작가로 손꼽힌다고 딸은 "내가 억척스럽다니까요." 나에게 슬며시 자랑하며 웃고 있다. 엄마를 닮은 것 같아….

남편과 나는 일정을 며칠 당겨 한국으로 돌아왔다. 한국의 여름은 불볕더위다. 그래도 내 집이 제일 편하고 내가 사는 한국, 내 고향이 제일 좋다. 잠시 잠깐 여행이라면 나는 어디든 가방을 싼다. 이번 여행은 다시 하지 못할 나의 아름다운 추억이 될 것이다.

로스앤젤레스

달력이 하루를 남겨 놓고 마른 나뭇잎 떨어지듯 대롱거린다. 도로는 자동차 행렬이다. 해맞이하려는 마음이 급했던지 클랙슨을 울려댄다. TV 뉴스에는 계속되는 정치적 갈등의 끈들이 얽히고설킨다. 일상생활에도 많은 변화가 온다. 물가 상승에 송년회 등 모임이 간소해지며 크지 않은 소리를 내고 있고, 연말 불우이웃돕기에도 사람들은 인색해졌다.

세월이 정말 빠르게 느껴진다. 어릴 적에는 빨리 어른이 되고 싶어 나이를 올리기도 했다. 나이가 들어가니 어른이라고 존대를 써도 반갑지 않다. 아직은 젊은 날들이 치마끈을 당기는 것인가? 어느새 지구라는 공이 돌고 돌아 어른이라는 나이가 되었을까. 수긍하고 싶지 않아도 나이테는 늘어나고 있다.

두 달 가까이 미 동부, 서부로 골고루 여행을 다녔다. 캘리포니아 산맥을 지나서 로스앤젤레스에 도착했다. 가정집 같은 펜션이었다. 예약을 해서인지 주인은 보이지 않고 열쇠만 꽂혀있었다.

산타모니카 해변으로 향했다. LA에서 가장 가까운 해안이다. 야자나무가 줄지어 서 있는 태평양 연안은 남국의 분위기가 물씬 풍긴다.

석양에 비치는 밀물 썰물에 하얀 파도가 은빛으로 부서지며 반짝이는 바다가 아름답다. 주말을 보내는 이국 사람들의 여유로움 또한 그들의 낭만이다.

1908년에 만들어진 산타모니카 부두는 서부 해안에서 가장 오래된 역사를 가졌다. 거리의 화가들이 석양에 비치는 바다 풍경을 그리고 있었다. 한여름 45도를 오르내리는 햇살 속에서도 새카만 누더기를 걸친 거지는 겨울인 양 떨고 있었다. 언제 얼어 죽을지 굶어 죽을지 안타까운 마음에 작은 적선을 하고 돌아섰다. 석양이 구름 속으로 들어갈 때, 일행은 해변을 뒤로하고 숙소로 돌아왔다.

다음 날은 미술관인 하우저 워스와 쉬멜Hauser Wirth &

Shcimmel 갤러리를 관람하였다. 외국 화가의 그림에는 아는 바가 없어 그냥 잘 그렸구나, 하면서 지나쳤다. 딸은 꼼꼼히 살펴보고 또 보고 있었다.

여러 가지 희귀한 꽃들이 화원 가득 앉아서 사람들을 반겼다. 감탄을 연발하였다. 아직 꽃에 대한 감성이 남은 것을 보면 아직은 여자인가 생각하며 혼자 웃었다. 경관 좋은 데서 가족과 함께 기념으로 사진을 찍기도 하고, 자연으로 만들어진 폭포에 와서 더위를 식혔다.

다음 날은 할리우드의 그리피스천문대에서 LA의 전경을 바라보았다. 산 위에 'Hollywood'라는 글귀가 크게 새겨져 있었다. 내려오면서 보니 유명한 배우, 작가들의 특이하고 으리으리한 저택들이 그림처럼 앉아있었다. 하늘을 바라보며 지구 어디쯤 나의 조국 한국의 하늘이 있을 거라 생각했다.

뉴욕으로 오는 비행기를 타고 브루클린의 딸 집에 도착하니 내 집에 온 것같이 편안하다. 며칠 쉬고, 남편이 근교에 있는 골프장에 데리고 갔다. 공을 치지만, 마음처럼 굴러가지 않는다. 남편이 이리저리 가르쳐주어도 그대로 실행되지 않아 7월의 뙤약볕은 더욱 내 몸을 뜨겁게 달구었다.

골프에 별 관심은 없지만, 친구도 권하고 남편도 이제는 당신도 배워보라는데 너무 늦게 시작했나 보다. 운동치인 나는 그다지 흥미를 느끼지 못했다. 친구들과 모임에 가끔 가기는 했지만 늘 공은 나를 놀리기만 했다. 어쩌다 잘 치면 그날은 기분이 날아갈 것 같다. 한국에 가면 골프는 접어야 할 것 같다.

　손녀의 첼로 연주를 보기 위해 성당 같은 강당에 갔다. 음악에 대해 잘 알지 못하지만 아름다운 선율에 전율을 느꼈다. 저녁은 미국 전통 요리를 먹었다.

베트남 하노이

무더운 여름 끝자락, 지인과 둘이서 홀가분하게 떠났다.

하노이는 베트남의 수도로, 1946년부터 1954년까지 독립을 위한 제1차 인도차이나 전쟁이 일어났다. 하노이는 한때 프랑스군이 점령했었다. 그러나 베트남의 승리로 전쟁이 끝나면서 하노이는 베트남민주공화국의 수도가 되었다. 역대 왕조가 왕도로 정한 도시 호찌민에서 북으로 1,760km 떨어져 있다. 베트남 전쟁 중 다리나 도로 등의 교통과 관련된 사회간접자본이 미군의 집중적인 폭격을 받았다. 미군이 철수하고 1976년에 남북 베트남이 통일됨으로써 하노이는 베트남사회주의공화국의 수도가 되었다.

하노이는 전형적인 북베트남의 기후로 여름은 덥고 습하며 겨울은 비교적 시원하고 건조하다. 5월에서 9월 여름철에는 40도를 오르내리고 연간 강수량이 1,682mm이다. 11월에서 3월의 겨울철의 최저기온은 6~7도 정도이며 겨울에도 한파는 없다.

하노이에는 수많은 호수와 사원이 있다. 호찌민 묘는 베트남의 근대 지도자 호찌민을 봉안한 묘로 관람하는 시간이 지나 그냥 건물 밖에서 바라만 보았다. 하노이는 베트남 최대의 교육도시이다. 시내에는 오토바이 행렬로 매연이 하늘 아래 가득했다. 거리 관람은 마스크를 착용해야 했다.

세계문화유산으로 등재된 하롱베이와 석회동굴 바위섬 중간에 천연 동굴의 입구가 보인다. 거대한 천연 석회동굴에서 다시 모터보트를 타고 티톱 섬에 도착, 나룻배를 타고 동굴을 지나면 섬 안에 에메랄드빛 호수가 우릴 기다리고 있었다. 정상에서 본 작은 섬들과 호수의 멋진 모습에 감회가 깊다. 배에서 먹는 상어 회와 다금바리 회는 일미一味이다. 여행에서 먹는 즐거움은 빼놓을 수 없다.

수상 인형극은 원래 농한기의 농민이 즐기던 오락이 예술로 승화된 것이다. 전통음악에 맞추어 많은 인형이 수상에서 극을 선보였다. 우리나라 90년대의 인형극 같았다.

습한 지역에는 바나나가 많이 심겨 있다. 바나나 향을 뱀이 싫어하기 때문에 가로수처럼 밭에 심는다. 바나나 열매는 원래 독성이 있지만, 나무에서 열매를 따면 그 독성이 없어진다 했다. 잎은 방부제 역할을 한다. 우리가 송편을 찔 때 솔잎을 넣는 이유와 마찬가지로 주민들은 음식을 바나나 잎에 싸서 보관한다.

베트남 건국일은 9월 2일, 호찌민이 죽은 날은 9월 6일이다. 호찌민 강당은 젊은 남자들이 통제하고 있었다. 호찌민도 북한의 김일성처럼 유리관에 보관되어 있다고 했다. 베트남은 공산국가에서 해방되었다고 들었는데….

베트남의 시골 풍경은 평화로워 보였다. 베트남의 커피는 세계 1위라는 말이 있다. 다람쥐의 똥으로 만든 콘삭커피와 G7커피는 조금 진한 맛이었다.

동남아 중국 필리핀 베트남까지 발 마사지는 기본으로 피로를 풀어주었다.

지난날은 우리나라보다 선진국이었다는데, 지금은 전쟁 중에 많은 피해를 입었는지 80년대의 우리나라 같았다.

안데르센의 나라 덴마크

　북유럽 덴마크를 대표하는 작가 안데르센의 동화 '인어공주'. 어릴 때부터 인어 동상이 있는 덴마크에 가보고 싶었다. 감명 깊게 읽었던 동화였는데….

　배 안 2인 1실의 좁은 공간에서도 그동안 쌓였던 피로가 한꺼번에 쏟아졌다. 코펜하겐에 도착한 아침, 매년 신년 축제를 벌이는 시청광장 외부를 버스로 지나가면서 보았다. 비가 추적추적 내려서 창밖만 보면서 감상하였다.

　보고 싶었던 인어 동상을 바라보니 감회가 깊다. 내가 여기 덴마크까지 와보다니, 어린아이처럼 좋아했다. 코펜하겐을 상징하는 작은 인어상은 안데르센의 '인어공주'에서 동기를 얻어 1913년에 만들어졌다. 비를 맞으며 동상을 쓰다듬으며 바라본다. 인어상도 빙긋이 반기는 듯하더니 먼 해안으로 눈길을 돌린다. 인어상은 덴마크의 유명 발레리나를 모델로 하여 에드바르드 에릭센에 의해 만들어졌다고 한다. 유럽의 3대 명소 중 하나로 손꼽힌다.

아말리엔보르궁전은 현재 덴마크 왕실의 주거지이다. 궁전은 8각형의 광장을 둘러싸고 있는 넉 채의 로코코풍 건물로 이루어져 있다. 1794년 덴마크 왕실의 주거지로 현재 마르가레트 2세 여왕과 그 가족이 살고 있다. 궁전의 내부는 공개되지 않고 있다. 여왕이 근무하는 건물에는 덴마크의 국기가 꽂혀있어 외부에 이곳을 알리고 있었다. 광장에서는 매일 정오에 교대식이 행해지고 있는데 우리 일행은 마침 교대식을 보았다.

제1차 대전 당시 사망한 덴마크의 선원들을 추모하기 위해 만들어진 게피온 분수대, 북유럽 신화에 등장하는 여신이 황소 4마리를 몰고 가는 역동적인 모습을 하고 있었다.

뉘하운Nyhavn 운하는 1673년에 개통되었다. 뉘하운 운하가 개통되자 주변에 새로운 건물들이 들어섰다. 코펜하겐 항구에 닻을 내린 선원들이 먹고 마시는 술집거리가 되었다. 이제 뉘하운은 덴마크의 또 하나의 명물로 유명해졌다. 지붕

없는 유람선이 많은 관광객을 태운 채 아름다운 운하를 운항하고 있다. 남쪽에는 18세기의 고풍스러운 건물들이 즐비하고 북쪽에는 네모난 창이 많이 달린 파스텔 색조의 건물들이 화려하게 이어져 있었다. 유람선을 타고 탐방하니 안데르센 동화 속 주인공이 반겨줄 것 같은, 파스텔 톤의 집들이 친숙하게 느껴졌다. 아마 그림에서 사진, 영화에서 보았으리라.

어둑어둑해지니 한기가 느껴진다. 따뜻한 아랫목이 생각나는 저녁이다.

스웨덴 스톡홀름

스웨덴의 수도 스톡홀름으로 갔다. 스톡홀름 시청사는 북유럽 최고의 건축미를 자랑하고 있었다. 1923년 라그나르 오스트베리의 설계로 만들어졌으며, 800만 개의 벽돌과 1,900만 개의 금도금 모자이크가 완성되어있었다. 해마다 12월 10일경에 열리는 노벨상 시상식 후 만찬회가 열리는 곳으로 유명하다. 시청사 주변에는 시민들이 한가하게 주말을 즐기고 있었다.

스톡홀름에서 가장 오래된 교회 대성당으로 갔다. 국왕의 세례식, 대관식, 결혼식이 거행되는 곳으로, 대성당 왕궁 앞에 자리 잡은 13세기의 성당이었다. 내부는 왕가, 귀족의 문

양으로 장식되어 있었다. 덴마크와의 전쟁에서 승리한 기념
으로 1489년에 제작되었다. 4m 높이의 나무조각상(성 조지
의 괴물퇴치상)과 바로크 옥좌, 흑단과 은으로 제작된 제단
등이 특히 눈에 띈다. 현 국왕인 구스타프와 실비아 왕비도
1976년 이 성당에서 결혼식을 올렸다.

구시가지를 돌아보았다. 오래되었지만 아름답고 중후한
중세시대 건축물 사이로 현대 건물들이 보이니 묘한 느낌이
든다.

황실의 호화전함 바사호가 전시되어있는 바사박물관 내
부를 관람하였다. 구스타프 2세 시대 1625년에 건조되어,
1628년 8월 10일 처녀항해 때 스톡홀름 항에서 침몰한 스
웨덴 왕실의 전함이다. 침몰당한 후 1956년에 인양되었다.

328년간 잠겨 있었는데…, 의문점이 많다. 우리나라보다
바다에 소금기가 없다 해도 그 긴 시간 동안 다 소멸하였으
리라 생각했다. 1962년에 임시 박물관이 문을 열어 이곳에
서 1976년까지 보호액을 뿌리는 작업이 계속되었다. 1988
년 바사호는 반 정도 복원되어 새로운 박물관으로 옮겨졌으
며, 1990년에 바사박물관이 개관되었다.

건조 당시 이 호화 전함은 스웨덴 국력을 과시하기 위해
만들어졌다. 그러나 애초에 계획된 것보다 더 많은 수의 포

를 실었고, 아래의 설계가 위의 무게를 견딜 수 없었기에 침몰했다고 전해온다.

　지금도 조금씩 삭고 있기에 언제까지 보존될 수 있을지 아무도 모른다. 가까이에서 살펴보니 정말 웅장하고 화려했다. 그 시대의 대단한 선박 기술을 우러러볼 수 있었다.

핀란드 크루즈 여행

핀란드에 가기 위해 대형 유람선에 올랐다. 선내에는 면세점, 레스토랑, 카지노, 가라오케, 사우나, 미용실까지 다양한 시설이 갖춰져 있었다. 일행은 면세점에서 그 나라의 특이한 생활용품과 선물 등을 쇼핑했다.

스웨덴과 핀란드 사이에는 1시간 정도 시차가 있다. 스톡홀름 시청사 2층 황금의 방Gyllene salen은 노벨상 시상식 후 연회가 열리는 길이 44m의 연회장이다. 1층 푸른 방에서 식사하고 이곳 황금의 방에서 무도회가 열리는데, 최대 700명까지 수용할 수 있다고 했다.

황금의 방은 고대 비잔틴의 작품으로 1,800만 개의 금박을 입힌 유리 조각으로 만든 모자이크로 명성이 높다. 여행 온 보람을 느꼈다. 며칠의 여행에 힘든 몸이 조금은 가벼워지는 것 같다.

핀란드의 수도 헬싱키로 이동했다. 더 머물고 싶어도 패키지여행이기에 안내하는 대로 가야 했다. 우리는 영어도 안 되고, 해설사의 길잡이가 있어야 했다. 자유여행을 즐기는 젊은 사람들이 부러웠다.

핀란드의 국민음악가 시벨리우스를 기념한 시벨리우스공원을 둘러보고, 국가의 각종 종교행사가 열리는 원로원광장을 돌면서 그 나라의 체리와 사과를 맛보았다. 원로원광장은 정사각형의 광장으로 중앙에는 러시아의 황제 알렉산드르 2세의 동상이 서 있었다.

동양의 명승지에 절이 세워져 있는 것처럼 유럽은 어딜 가나 오래된 성당이 있었다. 핀란드는 루터파의 총본산인 대성당이 광장 정면에 자리하고 있었다. 성당에 들어서면 왠지 마음이 숙연해졌다. 밝은 녹색의 산화된 구리 돔과 흰색 주랑이 조화를 이루고 있는 아름다운 건물이었다. 각종 종교행사와 연주회가 열리는 곳이다.

건물 밖은 아름다운 호수에서 수상 보트를 즐기는 사람들이 있었고, 푸른 잔디 위에 수영복 차림의 여자들이 눕거나 앉아서 따뜻한 햇살에 일광욕을 즐기는 모습이 행복해 보였다.

　그들은 해변이나 공원, 어디에서든지 일광욕을 즐기는 모습이다. 6~7월에는 휴가철이기에 관공서와 모든 사람들이 여행이나 피서의 휴가를 즐긴다 했다. 어떤 여인이 우리 일행을 이상한 듯 바라보았다. 나는 햇살에 쓰고 있던 양산을 접었다.

아름다운 도시, 탈린

발트 3국 중 가장 아름다운 탈린, 유럽에서 가장 크고 잘 보존된 고대 도시 중 하나이다. 탈린은 발트해 북동쪽에 자리 잡은 에스토니아의 수도이다. 회색 성벽과 청록색 숲이 어우러져 고풍스럽고 특별한 분위기를 가졌기에, 사람들은 찬사를 아끼지 않는다.

탈린은 11세기에서 15세기에 가장 발전하였고, 이 시기 도시 형태가 잘 보존되어있다. 특히 구시가지는 유네스코 세계문화유산으로 등재되어있어 더욱 많은 관광객이 북적인다.

'최고봉'이라는 뜻의 고지대, 툼페아성. 1219년 발데르 마를 2세가 이끄는 덴마크의 십자군이 성을 점령하였다. 성을 공격한 덴마크군이 신에게 받았다는 흰 열십자에 붉은 소가 그려진 덴마크 깃발을 성 위에 세웠다. 이후 1889년까지 독일, 스웨덴, 러시아 등이 차례로 이곳을 점령하였다.

툼페아 언덕 지역은 1878년 탈린의 저지대, 시청광장 주변, 평민이 살았던 곳을 합치게 되었다.

우리나라와 많이 닮았다. 양쪽으로 강대국에 끼여 많은 수난을 겪은 나라이다. 한국도 조선 시대에는 중국에게 많은 고초를 겪었고, 일제 강점기를 거쳤다. 우리는 대한민국을 지켜나가야 할 것이다.

몇백 년을 견뎌 온 듯한 거리의 돌길, 원뿔 모양의 지붕을 한 중세시대 돌집들, 기념품점과 식당 카페는 과거와 현재를 이어주는 듯하다. 돌집 거리의 상점은 다른 데보다 저렴하고, 아기자기하게 예뻤다.

탈린의 시청광장은 시청 건물이 들어서기 전 오랜 시간 동안 시장이었고, 동시에 공개 처형하는 엄벌의 장소이기도 했다. 지금은 노천카페가 들어서 커피를 마시며 여유를 즐기는 모습을 볼 수 있다. 사람들이 소박하게 보였다. 수공예가 발달하였고, 중세풍의 시장이 열린다. 한국의 80년대 시기인 것 같기도 하다.

대한민국, 우리 조상들이 독립을 위해 힘들게 지켜온 나라. 이번 광복절에는 꼭 국기를 걸어야겠다. 눈앞에 대한민국의 태극기가 아른거린다.

노르웨이 피오르

칠월 무더위가 시작될 때 지인들과 북유럽 여행을 시작하였다.

인천공항에 가기 위해 새벽 4시에 출발하여 일행들과 합류했지만, 첫날부터 기분이 좋질 않았다. 핸드폰을 집에 두고 왔기 때문이다. 공항에서 대여하려니 잘 안 되었다. 카메라 역할을 하기도 했기에 핸드폰이 더욱 간절했다.

9시간의 비행 끝에 노르웨이 피오르 관광의 출발지인 파게르네스를 거쳤다. 노르웨이의 자연의 절경을 감상할 수 있는 파게르네스에서는 빵과 감자가 주요리였다. 초봄의 쌀쌀한 바람이 옷깃을 여미게 했다. 버스로 달리는 곳곳에 산맥의 긴 터널이 기다리고 있었다. 지겹게 달려도 아늑한 시골 들에는 그냥 잡풀만이 보이는데, 일행이 "저건 감자밭이다." 하고 반가운 듯 소리쳤다.

노르웨이가 유럽 역사에 등장한 것은 기원전 4,000년경이다. 부족국가를 거쳐 바이킹 시대로 들어서면서 비옥한 도시를 찾아 국외로 진출했다. 바이킹은 콜럼버스보다 한발 앞선 1,000년경에 아메리카 대륙을 발견하기도 했다.

스칸디나비아반도 맨 위쪽에 있는 16만 개 이상의 호수들이 흩어져 있는 산악 국가이다. 국토의 절반 정도가 북극권에 위치해 여름엔 해가 지지 않는 백야의 하늘, 겨울에는 반대로 하루 3~4시간만 밝고 해를 볼 수 없는 긴 밤이 계속되는 현상을 보인다. 여름에는 햇볕을 즐기려고 양산이나 모자를 쓰지 않았고, 휴가를 즐기려 관공서도 휴무 중이었다. 하늘은 너무 맑고 공기도 신선하였지만 조금 쌀쌀하였다.

북극에서는 수십만 년 주기로 반복된 긴 빙하기를 통해, 지금의 그린란드나 남극대륙처럼 수천 미터의 두께로 만년설이 쌓인다. 만년설은 얼음층으로 변해 엄청난 하중을 견디지 못하고 빙하로 흐르면서, 지형을 파 곳곳에 U자 형태로 깊은 계곡들을 수없이 만들어내고 있다.

5월이 되면 수십 미터 쌓였던 눈 녹은 물이 폭포를 이루어

장관을 이룬다. 폭포를 바라보며 내가 직접 사진을 찍지 못해 아쉬웠다. 눈으로 마음속으로 꼭꼭 경관을 눌러 담았다. 일행은 환호성을 지르며 사진 찍기에 바쁘다. 8월이 끝날 즈음에는 이 폭포도 점차 사라지고 연간 300m의 눈이 내린다 했다.

해발 1,200m의 노르웨이 최고의 산책 코스, 북유럽의 알프스라 불리는 발드레스폴리아를 감상했다. 신화의 발원지인 만년설이 서려 있는 요툰헤임 국립공원을 버스가 아슬아슬하게 올라간다. 오르는 중간중간 사람들의 환호성과 감탄의 소리가 들린다.

스칸디나비아의 가장 높은 산지로 빙하기 때 얼음으로 덮여있던, 빙상의 침식지. 그 때문에 산지 및 호수, 계곡의 피오르는 다른 곳에서 볼 수 없는 환상적인 경치를 보여준다.

중간중간 눈 쌓인 산맥에 폭포가 오리발처럼 쏟아진다. 감탄을 연발하는 일행들은 "두 번 오기 힘든 여행 잘 왔다. 야, 백두산도 높다고 감탄했는데 여기 와 보니 작은 동산에 불과한 것 같다."라고 한다. 찬바람에 모자를 눌러 쓴 일행은 볼이 빨갛게 상기된 얼굴로 웃고 있다.

높은 산들의 웅장하고 신비한 자연경관 때문에 '거인의 나라'라고 불리는 노르웨이는 북유럽의 신화나 전설에 많이 등장한다. 주인공이 애인 솔베이지를 버리고 산속 마왕의 딸에게 혼을 판다는 전설 같은 이야기, 입센의 '페르 귄트'의 무대가 되기도 했다는 이곳에 실제 와보니 꿈만 같다.

1,500m의 달스니바 전망대에 올라가는 중에 비와 우박이 떨어졌다. 가파른 언덕길, 굽이굽이 오른 전망대에서 아쉽게도 아름다운 빛깔의 게이랑에르 피오르 경치는 안개에 싸여 보이지 않았다. 쌓인 눈밭에서 눈덩이 한 주먹 쥐고 계곡 밑으로 던지고 또 던져보았다. 내려오는 길목에서 본 사방으로 흘러내리는 폭포는 그림같이 아름다워 평생 잊을 수 없으리라.

나무로 지은 산장에서 하루를 쉬었다. 탁자와 식탁 등에서 나는 나무 냄새가 좋았다. 해가 지지 않는 산중 백야의 하늘을 바라보니 신기하다. 산맥의 집 지붕은 흙을 올려 잔디를 심은 듯 풀들이 자라고 있었다. 아마 겨울의 추위를 대비해 놓은 듯했다.

하루를 더 쉬고 싶은 산장을 뒤로하고, 빙하박물관으로 갔다. 실제 피오르 지형을 만들어내는 얼음과 섞인 돌이 여기저기 놓여있고, 이곳에 살던 원주민이나 탐험가들의 모형도 만들어져있었다. 탐험가들이 산맥을 타는 아슬아슬한 영상은 인상적이었다.

보스를 거쳐 노르웨이 제2 도시인 베르겐으로 이동했다.

목조건물이 우리나라 고택처럼 보존되어 있었다. 추운 지방이라 그런지 땅이 넓어서인지, 고층 건물은 많질 않았다. 신선한 어류와 과일들을 판매하는 시장이 있었고, 관광객을 부르는 상점에는 목각인형들이 많았다. 아늑한 도시이다. 점심은 일식집에서 먹었는데 오랜만의 밥과 된장국이 맛있었다.

게일로 이동하여 로맨틱 열차 '플롬 라인'을 타고 노르웨이에서 가장 높은 곳을 맛볼 수 있었다. 우리나라의 작은 간이역에 빨간 산악열차를 닮았다. 기차가 달리며 펼쳐지는 자연풍경을 보았다. 잠시 내려본 웅장한 폭포 위에는 아름다운 여인이 빨간 드레스를 걸치고 춤을 추고 있었다. 이무기가 용이 되려고 사람을 홀렸다는 전설이 있었는데 관광객에게 재현해 관광의 맛을 살리는가 보다.

관광객 중에는 중국 사람보다 한국 사람이 더 많았다. 영어와 한국어로 여행객들에게 설명해주었다. 우리 한국 사람이 여행지마다 북적댄다. 한국인이 여행을 많이 즐기는가 보다.

오슬로는 노르웨이 남동쪽에 있는 피오르 터 끝에 있는 도시로, 하나의 주를 이룬다. 하곤 5세가 요새를 세웠다. 1624년의 화재로 파괴된 후 요새 성벽 아래 신도시를 세워 크리스티아니아라 불렀다. 1925년 오슬로라 개명되었고, 19세기에 인구가 늘어난 오슬로 항구는 무역, 금융, 산업, 상업 등의 중심지라 한다. 주식은 감자와 빵이고, 3%가 농지이고 수산업이 발달한 도시이다. 카를 요한 거리는 약 1.3km로 중심부를 동서로 가로지르는 최대 번화가이다. 여름철에는 일광욕을 즐기기 위해 모여든 사람들, 액세서리 선물을 파는 노점이 즐비하고 명품점들도 많았다.

시청사는 항구에 위치하며, 2개의 탑을 가진 이 건물의 내외 벽은 노르웨이의 대표적인 예술가의 그림과 조각으로 장식되어 있었다. 2층에는 '뭉크의 인생'이라는 그림이 걸려 있었다. 이곳은 매년 노벨상 평화상(평화상을 제외한 다섯 개 부분의 시상식은 스웨덴 스톡홀름 시청사에서 열린다.) 시상식이 열리는 곳이기도 하다.

국립미술관은 노르웨이 최대의 미술관으로, 미술의 본고향이라 할 수 있는 유럽에서도 권위 있는 미술관으로 손꼽힌다. 피카소, 르누아르, 세잔, 마네, 모딜리아니, 드가, 뭉크 등 작품들이 전시되어있었다. 감히 나의 수준에는 볼 수 없는 세계적인 화가들의 작품을 잘 이해할 수 없지만 몇백 년 동안 잘 보관된 것에 감동했다. 오래되고 낡은 것을 버리는 우리들의 습성을 뒤돌아보았다.

오슬로와 덴마크의 코펜하겐을 왕복하는 페리에 승선하였다.

러시아 표트르 궁전

지난여름을 돌아보니 꿈을 꾼 것 같은, 비몽사몽이라 해야 할지. 북유럽 6개국을 여행하며 너무 행복했다. 북유럽의 여름은 한국의 이른 봄 날씨같이 약간의 추위를 느낄 정도로 시원했다.

러시아의 상트페테르부르크, 예카테리나 2세를 비롯한 황제들의 궁전에 갔다. 담녹색의 외관에 흰 기둥이 잘 어울리는 로코코 양식의 이 궁전은 1762년 라스트렐리에 의해 건축된 것으로 총 117개의 방이 있고, 2,000여 개가 넘는 창문으로 이루어져 있었다. 페트로드보레츠의 대규모 여름 정원인 '표트르의 궁전'은 1704년 표트르 1세가 처음으로 구상하여 네델란드식 바로크 양식으로 설계된 정원이었다. '예술의 진주'라 불리는 이 궁전은 가로수길, 분수와 수궁전, 야외 조각이 있으며, 전시장의 아름다운 대분수는 운하까지 이어져 핀란드만으로 흘러 들어간다고 했다.

오전 11시가 되자, 크고 작은 정원의 분수가 일제히 물을 뿜어댔다. 분수에 비치는 무지개 노을이 너무 환상적이었고 아름다웠다. 170개가 넘는 조각상이 장식되어 있었다.

영화에 나오는 공주나 왕비처럼 머리에 왕관을 쓰고 화려한 드레스를 입고 있는 사람이 있었다. 시녀처럼 보이는 여인이 드레스를 잡아주니 그녀가 계단을 천천히 내려갔다. 양옆에는 호위병 남자들이 따라갔고 계단 밑에는 마차가 기다리고 있었다. 나는 눈을 비비며 보이지 않을 때까지 바라보았다. 궁전에 사는 왕족인가….

늘 같이 동행해준 남편을 바라보니 빙그레 웃기만 한다. 멀리 여행 올 때는 못 이긴 체하는 남편이 있어 좋다. 늘 잘하기를 바라는 그의 급한 성격이 서운할 때도 있지만…. 그래서 내 편이 아니고 남편이라 했던가.

표트르의 청동 기마상은, 쿠데타로 남편을 죽이고 왕위에 오른 예카테리나 2세가 건립하였다. 러시아 역사에 길이 남을 황제인 표트르대제의 후계자임을 공식적으로 알리기 위해서라고 한다. 겨울 궁전은 오늘날 6개의 건물로 연결된 에르미타주 국립박물관 중의 하나이다. 세계 최고의 미술관으로 현재는 약 300만 점의 전시품이 소장되어있다. 중요한 사실만 해설사가 안내해주었다. 다 보기에 시간이 허락지 않았다.

여름에 여행을 갔으니 다행이었다. 겨울은 우리가 상상할 수 없을 만큼 혹한이 계속되고 눈이 많이 와서 이 나라 남자 중에 알코올 중독자가 많다고 한다. 술로 추위를 이기려는 까닭도 있으리라. 여자들은 생활력이 강하고 모두 직업을 가진 것 같았다.

외국 음식이 익숙지 않았지만 견디기 위해 억지로 먹었더니, 배탈이 났다. 오늘 저녁은 수프 정도만 먹어야겠다. 된장국과 김치가 간절했다. 여행을 좋아해서 이곳저곳 다녀보았지만, 우리나라처럼 봄 여름 가을 겨울 사철이 분명하고 살기 좋은 나라는 없다는 생각이 든다.

남편은 목각인형 마트료시카 두 세트를 샀다. 동글동글한 몸통을 지닌 마트료시카는 모양도 예쁘지만 까고 또 까도 새로운 인형이 나오는 맛이 있다. 남편은 손자들 주려고 샀다며 좋아한다. 기념품은 아들, 손녀 손자들 것만 챙겼다. 우리는 눈으로 보고 즐기면 되는 것이다.

상트페테르부르크를 관통하는 운하에서 유람선을 타고
시내 관광을 하였다. 백화점 거리에 롯데와 기아자동차 간판
들이 보였다. 일행은 어쩌다 지나가는 기아차나 현대차가 보
이면 모두 너무 좋아했다. 이것이 고향의 향수인가.

　저녁에는 러시아 민속 공연이 있었다. 전통음악이 시작되
고 무희들이 삼바와 비슷한 춤을 추기 시작했다. 오페라 희
극을 겸한 러시아 민속극을 흥겹게 보았다.

　새벽 일찍 모스크바로 가기 위해 공항으로 갔다. 한국은
무더위가 연속이라는데, 여행지는 쌀쌀한 봄날 같은 날씨다.
일행들은 피서 잘 왔다면서 다시 볼 수 없는 것들에 모두가
행복해하였다.

모스크바 아르바트 거리

모스크바공항에 도착했다.

러시아는 대국이다. 모스크바 전 지역이 평지로서 시내 전체를 볼 수 있었다.

아르바트 거리를 거닐었다. 가수 빅토르 최를 추모하는 담벼락에 사진과 추모의 글들이 낙서처럼 뒹굴고 있고, 누가 놓고 간 건지 말라버린 국화가 꽂혀있었다. 그는 고려인 2세로 러시아 어머니에게서 태어났다. 28세의 나이로 요절했을 당시 수많은 팬이 구름처럼 모여 인산인해를 이루었다. 그가 남긴 노래 중에 '바스레니야 괴로이(마지막 영웅)', '태양의 이름을 가지고 있는 별', '슬픔', '담배 한 갑' 등은 지금도 많은 이들에게 사랑을 받고 있다. 마음이 애잔하다.

어딜 가나 마트료시카 목각인형들이 상점을 메우고 있었다. 제일 번잡한 거리 중간중간 앉아있는 거리 화가들이 관광객들에게 초상화를 그려주고 있었다.

푸시킨 부부 동상이 아르바트 거리를 지키고 있었다. 18세기의 대문호 알렉산드르 세르게예비치 푸시킨, "삶이 그대를 속일지라도 슬퍼하거나 노하지 마라……." 누구나 아는 유명한 시다. 35세에 17살 아래인 귀족 출신의 나탈리아라는 상당한 미인과 결혼했다. 그러나 아내의 미모에 반한 남자에게 총에 맞아 38세에 사망했다. 그의 동상이 있는 아르바트 거리는 푸시킨의 영혼이 함께 머물 것이리라.

착잡한 마음으로 돌아서는데 일행들이 뿔뿔이 흩어져 보이지 않았다. 같이 간 두 사람이 화장실이 급하다고 왔던 길을 되돌아가자고 채근이다. 낯선 도시를 아쉬운 듯 뒤돌아보니, 남편도 어디로 갔는지 보이지 않았다. 그들이 달리듯이 걷는 걸음에 뒤따라갔다.

일행 중 한 부부가 "저기다." 하며 화장실 쪽으로 달려갔다. 나도 뒤따라가려고 하다가 발을 헛디뎠다. 보도블록이 끝나는 지점이었다. "악!" 비명을 지르는 순간, 누가 앞에서 에어백처럼 받쳐주었다. 어떤 외국인 아주머니였다. 정말 고

마워서 "땡큐. 땡큐 쏘 마치." 하고 서툰 영어로 소리쳤다. 발목의 통증이 심해 정신이 혼미했다. 그 아주머니도 무어라 외국어로 말하면서 걱정스러운 얼굴로 바라보았다. 그 외국인이 아니었으면 더 많이 다칠 뻔했는데, 인사도 제대로 못하고 마음의 빚만 지고 말았다.

그다음의 여행은 접어야 했다. 버스에 혼자 누워 끙끙 앓으면서, 잠이 든 것인지 할머니가 나타나 나의 발목을 만지며 괜찮다고 웃으셨다. 비몽사몽이었다.

크렘린 궁전을 관람하지 못하고 창밖으로만 바라보았다. 환했던 날씨에 갑자기 우박이 떨어지고 소낙비가 내리쏟는다. 내 마음을 읽은 것인가.

여행 마지막 날에 일행에게 죄송한 마음이 들었다.

나는 고통을 참으면서, 행복한 마음에 소리 없이 웃었다. 그동안 피곤하게 여행했으니 하느님께서 쉬라는 뜻으로 그러셨을 거야, 생각했다. 누가 말했던가, 좋은 일에는 마가 낀다고.

정답 없는 삶에서 명답 향한 노정

장 호 병

| (사) 한국수필가협회 명예이사장 |

정답 없는 삶에서 명답 향한 노정

— 이연주 수필집 『봄날은 꽃비 되어』를 읽고

장 호 병

▫ 로그인

인생에서 정답은 없다고들 말한다. 경우에 따라서는 그 답이 다양할 수 있다는 말이다. 정답은 때와 곳, 삶의 주체가 바뀌어도 오로지 하나뿐이다. 처해진 상황에서 찾는 답을 해답 또는 해법이라 하겠다. 상황이 바뀌면 해법은 유효기간이 짧고 오답이 될 가능성이 크다. 그래서 우리 삶은 시행착오의 연속선상에 놓여 있는지도 모른다. 그 해법이 시간과 장소에 구애되지 않고 정답보다 더 실제적이고 적확할 때는 명답으로 이어진다.

이연주 님의 제2수필집 『봄날은 꽃비 되어』를 일별하면서 삶에는 정답이 없지만 분명 명답은 있을 것이란 확신이 들었다. 작가의 인생 시곗바늘은 가을의 한 지점을 통과하고 있다. 현재 진행형 설득력이 돋보인다.

이번 수필집에는 해외 여행기를 포함하여 54편의 수필이 수록되어 있다. 물리적으로도 인생의 시계가 가을의 한 무렵을 지나고 있는 만큼 육안보다는 통찰의 혜안이나 성찰의 심안으로 세상을 관조하는 삶의 모습이 드러나 있다.

□ 사적 주관의 객관화

상황이 변하더라도 그 답이 흔들리지 않을 때 일관된 주관을 펼칠 수 있다. 그러기 위해서는 나와 관련하여 대상을 제대로 읽어야 한다. 대상에 대하여[ㄱ] 열의 눈을 가지고 대상과 한 마음이 되어 본질에 닿으려는 노력이 덕德이다. 관찰을 위한 두 개의 눈에 더하여 통찰과 성찰의 눈이 여덟이나 더 있어야 드러나지 않은 것을 읽을 수 있다. 덕은 대상에 따라 휘둘리지 않고 '나'를 '나'로 살아가는 주체로서의 자리를 지키게 한다.

일본의 부도덕성과 야만성을 지적하고 나무랄 수는 있겠지만 그들이 좋아한다는 이유만으로 우리가 벚꽃의 아름다움을 부정해야 할 이유는 없다. 미적 소유의 법칙은 일상적 소유의 법칙과는 다르다. 정치적, 경제적 소유는 '배타적으로 점유하고 사용하며 처분할 수 있는 권리'이지만 미적 소유는 점유하고 사용하고 처분하는 것이 아니라 '다만 감상하는 것'이다. 골목길 담장 위에 핀 줄장미의 경제적 소유는 그 집의 주인에게 있겠지만 미적 소유는 장미꽃 앞에서 발걸음을 멈추고 그 아름다움을 심미하고 완상하는 감상자에게 있다.

—「봄날은 꽃비 되어」 중에서

봄을 알리는 데 벚꽃만 한 것이 있을까. 설렘 안은 사람들을 집 밖으로 내몬다. 그 벚꽃을 유난히 좋아하는 일본 사람들 때문에 벚꽃이 일본의 국화라고 생각하거나 원산지가 일본이라 믿은 사람들이 많다. 제주도 원산의 벚꽃도 있다. 일본인들의 몰이성과 야만성 때문에 그들이 좋아하고 많이 심었다고 벚꽃의 아름다움을 부정해서는 안 된다는 행간의 의미는 무엇이겠는가.

이는 자연경관을 담장 안에 담느냐, 주변에 둘러두고 완상하느냐의 생각과 다르지 않다. 장미의 아름다움은 담장 안 그 주인의 몫이 아니라, 느끼고 향유하는 자의 몫이듯 말이다. 드러난 현상 너머의 본질에서 그 가치를 찾아야 한다는 것을 말하고 있다.

　　벗꽃잎이 떨어져 내리는 일 또한 마찬가지이다. 그렇다
면 꽃비 되어 내리는 벗꽃잎을 보면서 아름답다고 감동하
는 우리의 마음은 잔인한 것인가? 아니다. 슬픔도 아름다
울 수 있는 것이다. 사랑하면서도 떠나가는 연인의 뒷모습
은 슬픈 모습이어서 더욱 아름답다. 꽃비 되어 내리는 벗꽃
잎을 보면서 탄성을 지르는 우리의 마음속에는 자연의 위
대한 섭리와 경건한 순환에 대한 외경이 밑바탕에 자리 잡
고 있다. 또한 우리는 꽃잎의 종말에 감동하는 것이 아니라
종말로 가는 꽃잎의 슬픈 모습에서 아름다움을 보고 감동
하는 것이다.

─「봄날은 꽃비 되어」 중에서

　봄이 오면 벗꽃놀이 하지 않을 민족이나 국민이 있을까. 벗꽃
잎은 여느 꽃잎처럼 시들어서 떨어지는 것이 아니다. 곡예를 하
며 떨어지는 싱싱한 꽃비를 맞는 일은 벗꽃놀이의 절정이다. 작
가는 그 찰나에서 떨어지는 꽃잎에서 인생사 모든 일에는 끝이
있음을 상기한다. 꽃 지는 모습을 바라보는 일이 어찌 기뻐할
일이겠는가. 그럼에도 그 가운데 아름다움을 발견한다. 배경이
된 별리의 슬픔 때문에 찬연한 아름다움이 가능한 것이다.

인생사 또한 드러난 현상만 볼 것이 아님을 보여준다.

▢ 인생시계 가을

세상 관심을 한 몸에 받았던 봄날도 짧았지만 지나고 보면 생의 여름은 더 짧게만 느껴진다. 이른 더위와 늦더위가 있듯이 가장 긴 계절이 여름이다. 가장 바빴던 시간이 가장 짧게 느껴질 뿐이다.

세상 한가운데서 너무 덥고 바쁜 나날이었지만 가을 어디쯤에서는 문득문득 그때가 그리울 것이다. 또 유족해진 수확의 계절에도 마냥 행복에 머물 수만은 없다. 다가올 겨울을 준비해야 하기에 한살이를 돌아보고 또 내다보게 된다. 이 수필집에서는 생의 가을 풍경이 가장 많은 부분을 차지한다.

이 시대 이 공기 속에서 보이지 않는 연줄로 맺어져 서로를 믿고 기대면서 살아간다. 사람이 산다는 게 무얼까, 잡힐 듯하면서도 보이지 않는다. 우리가 알 수 있는 것은, 태어나면 언젠가 한 번은 죽지 않을 수 없다는 사실이다. 내 차례는 언제 어디에서일까, 생각하면 허투루 살고 싶지 않다. 만나는 사람마다 따뜻한 눈길을 주고, 한 사람 한 사람 얼굴을 익히고 싶다. 이 가을에 나는 모든 이웃을 사랑하고 싶다.

한 사람도 서운하게 해서는 안 될 것 같다.

—「가을바람 불어오니」 중에서

누구의 탓이기보다는 나에게도 있는 원인을 깨달을 때, 어느새 떡잎이 떨어지고 새잎이 돋아나는 나의 마음을 읽을 수 있었다. 수필을 통해서 나는 타자와의 삶을 공유하고, 나를 다시금 성찰하게 되었다.

나는 왜 수필을 쓰는가? 타인의 작품을 통해서 나 자신을 반추해 나갈 수 있고, 이름 모를 사람에게조차 나의 글이 행복이 될 수도 있음을 깨닫기 때문이다. 수필은 나의 삶을 그려내는 예술이다.

—「나를 찾아서」 중에서

'누구의 엄마, 누구의 댁'이라는 '내가 없는 존재가 되어 버린 삶에 회의를 느낄 때' 수필에 입문하여 "늘 나만 힘들고, 나만 왜 이리 불행할까? 그때의 행복한 날들이 물레방아 돌듯 돌고 있었다."라는 걸 깨달았다고 작가는 술회한다. 때론 힘들기도, 때론 한 번도 가본 적이 없는 길에 내던져지는 것이 인생사이다. 그 삶을 버무려 맛있는 비빔밥으로 만들어 작은 행복감으로 승화시키는 것이 수필의 힘이라고 피력한다. 생의 가을에서 들려주는 이야기이기에 독자들은 쉽게 공감할 것이다.

서울을 왕복하니 하루해가 짧다. 그래도 한양을 버스로
왕복하다니, 과학은 첨단을 달린다. 저물어 가는 내 인생의
석양을 잡을 수만 있으면, 조금 더 석양과 놀고 싶다. 초가
을의 석양 뜨겁지 않고, 더 높은 가을 하늘을 소리쳐 불러보
고 싶지만, 고속버스는 지나가는 세월처럼 빨리도 달린다.

하루해가 저물어 어둠이 깔린다.

—「석양과 놀고 싶다」 중에서

꽃샘의 봄바람을 견디고 작열하는 여름 태양과 폭풍우를 헤
쳐나왔다. 참는 것을 미덕으로 살아온 세대이다. 무쇠 같았던
육신도 점차 쇠락의 길로 들어서는 것은 당연한 과정일 것이다.
작가는 가을 풍경 속에 더 오래 안주하고 싶어 한다. 그러면서
생의 가을을 남의 이야기하듯 제3인칭 시점으로 묘사한다. 가
족들의 얼굴에 그려진 수심의 깊이를 가늠한다.

여자는 다리도 허리도 불편하지만, 금방 죽지는 않을 거
라 하면서 약을 먹으며 견디었다. 건강검진을 하니 심장에
문이 열렸다고 큰 병원으로 가서 정밀 검사하라고 의사가
권유했다. 병원에서는 심장판막 수술을 해야 한다고 했지
만, 일 년을 약을 먹었다. 이제는 더 버틸 수가 없었다. 숨 쉬

기가 힘들었다. 수술해야 했다. 아이들이 장성하면 이제는 나에게도 좋은 일만 기다릴 줄 알았는데….

의술 덕에 판막 이식을 받고 제2의 삶을 살아가는 것 같아서 주위의 사람들에게 모든 게 고맙고 고마웠다.

그해 일 년은 병마와 힘 대결로 면역력이 약해져 많이 힘들었다. 여러 날, 여러 달, 몇 년이 지나니 노인이 되어가고 있었다.

마음에 품은 희망과 의욕이 자꾸만 뒷걸음치고 있었다. 하던 일은 접어 두어야 했다. 참았던 다리가 버티는 데 한계가 왔다. 허리는 척추가 약해 수술 못 하고 인공관절 수술을 했다. 불안한 마음은 그만이 아니고 가족들의 얼굴에 그려진 수심이 보였다.

—「수심愁心의 깊이」중에서

견뎌온 수고만큼 가을은 웃을 일이 많아졌음에도 가슴 한편이 쌩한 것은 무슨 연유일까. 그럼에도 함께 차를 마시는 사람들의 입술이 꽃잎처럼 곱다고 표현한다. 혹독한 겨울이 다시 오더라도 기꺼이 아름다움을 키워내는 복수초의 꽃을 피우겠다는 소망을 품는다. 행복한 꿈을 꾸는 아이처럼 즐거워진다고 수필 「노란 복수초」에서 밝히고 있다.

숲에서 나와야 숲이 보이듯, 작가는 행복의 한가운데를 벗어나 쌩한 바람 속에서 행복의 참의미를 보여주고 있다.

□ 안갚음의 아름다움

안갚음에서 '안'은 '마음속'을 뜻하는 말이다. 즉 안갚음은 까마귀 새끼가 자라서 어미에게 먹이를 물어다 주는 반포지효처럼 마음속으로부터 우러나와 부모의 은혜를 갚는다는 뜻이다.

> 제비는 새집을 다시 짓기 시작하였다. 짚과 흙을 물어다 부지런히 집을 지었다. 가게주인은 저녁에도 빛 가리개를 접지 못하고 안전 사각지대에서 행여나 흙집이 떨어질까 봐 제비집 밑에다 합판을 고정해 주었다. 어느새 집이 다 되었는지 어미 새가 들앉아 쨱쨱거리며 나오질 않더니, 빨간 주둥이를 내밀고 있는 새끼에게 들락거리며 모이를 물어다 주고 있었다.
> 아빠 새는 건너편 지붕 사이에서 새집 쪽을 바라보며 다른 새의 접근을 경계하는 눈빛으로 바라보고 있었다. 사람이나 동물들, 새들까지도 새끼를 보호하려는 마음은 같은 것이리라.
> ─「강남에서 온 제비들」 중에서

새끼에게 지극한 정성을 쏟는 것이 어찌 제비에게만 국한 되랴. 이 수필집에서도 어버이의 한결같은 사랑과 어버이를 공경하는 자식의 효가 세대를 이어가고 있음을 보여주고 있다. 제비 가족의 이야기가 곧 작가, 나아가 우리 인간 삶의 모습이리라.

초등학생 시절 여름방학 때 외가에 가면,

> 뛰어나오며 반기는 외할머니와 사촌오빠 소리에, 이 동네 저 동네 친척들이 경상도 사투리를 쓰는 나를 귀엽게 안아 주었다.
>
> ─「길 위의 문학」 중에서

> 세월의 바퀴를 돌고 돌아 힘들 때도, 시원한 바람이 땀을 식혀줄 때도, 엄마의 마음은 자식들을 바라보며 힘든 줄 몰랐다. 자식들은 이제 그들의 아이들을 위해 열심히 살고 있다. 엄마가 그들을 지켜온 것처럼, 내 아들들도 인생의 마라톤을 도중에 하차하지 않도록 등을 밀어주며 기도하는 마음으로 살아가리라.
>
> ─「천관산에서」 중에서

이 세상에 한 생명이 오는 것은 음양 결합의 결과만은 아니다. 해와 달, 수많은 천체가 시간 맞추어 우리가 서 있는 땅덩이를 중심에 놓고 제 궤도를 어김없이 달렸다. 비바람은 물론 천둥과 번개 등 우주 만물이 조화를 이루었다. 하늘 기운이 아니라면 어찌 태몽이라는 예지몽이 가까운 혈육에게 닿을 수 있겠는가.

> 새해를 겨우 넘기고 그해 봄이 찾아오기 전, 겨울의 찬바람에 마른 가지가 잎을 피우지 못한 계절에 엄마는 그렇게 땅으로 돌아가셨다.
> 그동안 효도 못 한 죄책감에 일 년은 마음고생을 많이 했다. 그래서인지 심장병이 더욱 악화하였다. 심장 이식수술로 엄마를 따라가려니, 더 살다 오라는 말씀인지 꽃샘바람에 까무러친 나는 다시 새 삶을 살고 있다.
> 엄마의 집에는 흰머리 같은 마른 풀잎이 바람을 막아주며 산새들과 나무들이 친구가 되어있다. 울 엄마 잘 지내는지 바람에게 물어보고 싶다.
>
> —「엄마의 집」 중에서

누군가의 자식 아닌 이는 없다. 부모에게 은혜 입지 않은 삶이 어디 있을까. 그렇다고 부모가 자식에게 그 빚 갚으라고 말하지는 않는다. 어버이의 은혜에 보답하려는 안갚음의 순환고리는 가정, 나아가 사회 국가로 확대되는 것이 아니겠는가.

> 어미의 아픈 손가락인 맏딸은 20여 년 전에 출가하였다. 서울에서 직장을 다니는 줄 알았는데 언젠가 종적을 감추었다. 나중에 알고 행자 생활하는 딸을 데려오려 했지만, 그의 고집을 꺾지 못했다. 행자 3년을 끝내고 승가대학에 입문했다. 남들은 한 집에 스님이 나면 삼대가 편안하다지만, 어미에겐 항상 아픈 손가락이었다. 운문사에서 졸업 논문에 대상을 받았다. 아무도 기대하지 않은 스님이었다. 늘 남보다 한 발짝 느리다고 어미는 닦달했다.
>
> ―「바다가 보고 싶다」 중에서

자식이 아무리 나이가 들고 독립을 하여도 어버이에게는 물가에 내놓은 아이처럼 마음이 쓰인다. 세속의 행복을 뒤로하고 성직의 길로 들어선 딸에 대한 연민은 떨쳐버릴 수 없는 모성이리라.

□ 로그 아웃

> 식구들은 단잠을 자고 있다. 세수하고 얼굴을 보니 반백

도 훨씬 넘은 할머니가 보인다. 인생무상의 삶이 얼굴에 그
려져 있다. "당신은 언제 어디서 무엇을 하며 살았는지?" 거
울이 바라보며 묻고 있는 것 같다. 가느다란 한숨이 흘러나
온다. 남은 삶, 얼마나 유용하고 값지게 살 것인가?

　　　　　　　　　　　　—「폭염을 요리하다」중에서

　거울 속 타자의 질문에 내가 답할 차례이다. 그때그때 최선을
다하였어도 지나고 보면 차선에 머물렀을지도 모른다. 나이는
공으로 먹지 않는다는 말이 있다. 글에는 작가의 삶이 투영되기
마련이다. 이 작품집에는 작가의 세상 읽기가 잘 드러나 있다.
열의 눈으로 세상과 한마음이 되려 하는 덕德의 길을 걸었노라
답할 것이다. 명답이다.

　작가는 슬하에 2남 2녀를 두었다. 장녀는 스님이자 특수교육
학을 전공한 문학박사로 교직에 있으며 차녀는 판화가로 뉴욕
유명대학에서 교수로 활동하고 있다. 장남은 고등학교 교사로
재직하고 있으며, 차남은 가업인 철물점을 물려받아 경영하고
있다.

　자녀들의 성공을 지켜보는 것도 큰 행복이지만, 이렇게 성공
적으로 자녀를 키워내는 것은 이 몸을 물려받은 부모에 대해 은
혜를 갚는 일이라고 작가는 말하고 있다.

"네~ 오빠 생각차도 있고요, 오빠 만남차도 있어요."(「차 한 잔의 여유」 중에서)처럼 여유와 유머가 있는 삶이 오래오래 지속되기를 바란다. 제3의 수필집에서는 어떤 모습의 명답을 보여줄지 기대가 크다.